そんなときは書店にどうぞ

瀬尾まいこ

水鈴社

そんなときは書店にどうぞ◉目次

そんなときは書店にどうぞ

映画「夜明けのすべて」のこと

装丁　大久保明子

そんなときは書店にどうぞ

第1回　無敵のカルカン先輩現る

謎多き出版業界

　小説を書き始めて15年以上もの間、私は本を買う以外に書店さんに伺ったことがありませんでした。作家が新刊が出た時などに書店さんにご挨拶《あいさつ》に行くという習わしを知らなかったのです。

　20代から30代前半まで田舎の中学校で勤務をしていて、出版社の方とも年に一度お会いするくらいで、小説は真面目に書いてはいたけれど、普段は教員として生活していました。

　そんなこんなで、できた本がどうやって売られるのかという仕組みも実はよくわかっていなかったという始末。今思うと申し訳なさすぎます。

　元をたどると、そもそも私は出版についてもあまりに無知でした。

「卵の緒」で坊っちゃん文学賞大賞をいただき、それをきっかけに執筆をすることになったのですが、10年近く落ち続けていた教員採用試験に受かりたくて、そのためには賞でも資格でもなんでもいいからほしくて、応募したもので。文学賞をいただいた時は「よし、これで教員採用試験に通る！」という思いでした。（その年も試験落ちましたけどね。どれだけあほなんや、私。）

一つだけ言い訳させてください。

今でこそ、教員不足と言われていますが、20年ほど前は教員が余っていて、募集のない教科がある年もあったくらいなんです。いや、でも、高校の時、数学で13点取ったことありました。あほなのはまぎれもない事実か。

と、話はずれましたが、賞をもらった後、いろんな出版社の方が、当時私の住んでいた、不便だけど海も山もあり自然がふんだんにある素晴らしい町、京丹後市《きょうたんご》に来てくださいました。

出版社の人は観光をされ、その後高額な食事をごちそうしてくださり、

「この辺りって本当にいいところですよね」

「海がきれいで、食べ物もおいしい。最高な場所」

と京丹後市をべた褒《ぼ》めし、その後は、

「アイデンティティがカタルシスして、リビドーだわ」

と教員試験に10回近く落ちた私には聞いたことのない言葉を並べ（というか、こん

な言葉、普段使います?)、

「なんかまあ、その通りですよねー」

と曖昧《あいまい》にうなずく私に微笑《ほほえ》んで、帰られるという感じでした。

まだ20代で純粋だった私は、住んでいた町が大好きで、東京の人は疲れてるんだな。この海と山のある風景を見に来たかったんだなと本気で思っていました。

そして、物もくれるんです。田舎に住んでいた私は、それまで存在を知らなかったマカロンをもらい、明治でも森永でもない会社が作ったチョコを食べ、東京すごいと思っていました。

そういえば、お菓子以外に化粧品をもらったこともありました。

『幸福な食卓』を担当してくださった編集者の方が男性だったのですが、お会いした1週間後くらいに贈り物として化粧水と乳液が家に届いたんです。

基礎化粧品って……。私、どれだけ不細工だったんだろう。まだ若かったはずなのに、もう小汚《こぎたな》かったのか。生徒が私に「ばばあ」と言っていたのは、中学生特有の悪態で本気ではないと思っていたけど、落ち着いた大人の目から見てもなんとかしなきゃというレベルだったんだなと少々驚きつつ、「これ絶対いい化粧品だ」とうきうきしながら使用しました。

そんな感じで、出版社の方が来て、一緒に観光しごちそうになりカタカナ言葉にうなずき、いい物をもらうという暮らしをしていたのですが、半年くらいすると、連絡があり、「原稿のほうは……」という話が。

え、原稿？　この人、景色の話してただけだよな。と驚くことを繰り返し、3回目くらいで、これは商談というやつなんだと気づきました。

大げさだろうと思われるかもしれませんが、出版業界では契約書は本になってから作られるのが習わしなのか、執筆開始時は本当にふわふわの口約束だけなんです。しかも何月何日までに書けと言われるわけでなく、「いやあ、本当いい景色です。また来たいですね。それじゃあまた」という挨拶で、いつのまにか契約が結ばれるんです。もちろん、書くことが楽しく、それが本になるなんてものすごい幸運を与えていただいていたので、喜ばしいことですけど。

今では締め切りをしっかりと聞き、「半年前に書いているかと連絡をください」と編集者の方に言うようになりました。年を取った私は、どれだけ「瀬尾さんの暮らす町、いい景色ですね」と褒めてもらっても、「そうでしょう！　よっしゃこれは小説書くか」とはならなくなったし、なぜか皆さん、もう住んでる場所を褒めてくれなくなりました。もっと自然の多いところに引っ越さないとだめなのかも。

カルカン先輩登場

そんな私は35歳で健康診断にひっかかり、入院して手術して、そのまま教員を退職することとなりました。

そして、2018年、『そして、バトンは渡された』を執筆し、プルーフ（本になる前の見本の冊子）を初めて作っていただきました。この時、作家はそういうものを持って書店さんに挨拶に行くということを知ったのです。

書店さんを回りましょうと、担当してくださっていた敏腕編集者のSさんに言われ、初めて営業の方とお会いしました。出版社には想像以上にいろんな部署があるんですよね。

ここで、私の前に現れた初の営業担当者さんがカルカン先輩（たぶん本名は違うと思います）です。

カルカン先輩は、今まで私が出会ってきた出版社の方、どの人とも似ていない人でした。

「アイデンティティ」も「カタルシス」も「コンディショナー」も口にしないし、声もでかいし、なんかがさつだし、一気に親近感がわく人で、3分で好きになりました。

難しい話をしない代わりに、カルカン先輩と何を話したのかはあまり覚えていません。記憶にあるのは、カルカン先輩がいつでも「ガハハハハ」と笑っていたことと、書店さんを回る移動に疲れた（一日に10軒近くの書店さんに行くんです）私に、「まあまあ、あそこのリラックマでも見て一息ついてください」と遠くに見えるファンシーショップに並べられていたリラックマのぬいぐるみを指さされたことだけです。お店に置かれたリラックマを遠目に見て休憩。この人、リラックマにどれだけの癒《いや》し効果を求めてるんだ。と心の中で思いつつ、カルカン先輩と歩くのは楽しかったです。

とにかく周りの人を緊張させないカルカン先輩。こういう人って本当は繊細《せんさい》なんですよね。と、カルカン先輩の気遣いエピソードを書こうとして、思い出しました。

私、このころ、パニック障害になりたてで、4時間おきに薬を飲んでいたんです。で、初めての書店さん回りに緊張して忘れてしまうかもと、最初にお会いした時、薬を飲んだ後、「4時間後に教えてください」とお願いしたのに、カルカン、4時間後どころか、帰るまで何も教えてくれなかったわ。

書店の皆さんが優しく迎えてくださったから、緊張以上に楽しさが上回って、発作は起こさなかったけど倒れるところでした。

芋づる式でもう一つ思い出しました。

ある書店さんでサイン本を作らせてもらう時、改装中で身動きできないくらいの小部屋で書かせていただいたことがあったんですが、その時、カルカン、「これ、まさにパニック起きそうなシチュエーションですね。このまま閉じ込められたりして。ガハハハ」言うてました。

あの人、繊細違いました。

そんな愛するカルカン先輩との書店巡り。まだまだつづきます！

第2回　そしてバトン、ゴールデンイヤー

光栄すぎる受賞ラッシュ

『そして、バトンは渡された』が刊行された1年間は今までで一番と言っていいくらい華やかな1年となりました。

自慢みたいで恐縮ですが、『そして、バトンは渡された』では、山本周五郎賞にもノミネートをしていただきました。

私、大学4年生の時、山本周五郎を研究し、『さぶ』で卒論を書いたので、そういうところが加味されているのかと思っていました。なぜか落選したんですけど（あ、自慢になりませんでした）、私以外の候補者の方、そんなに山本周五郎さんの本読んでたんかな？　直木さんと芥川さんとなると読書量自信ないけど、山本周五郎は1年間ゼミで読みまくってんけどな。賞ってそういう基準ちゃうんか……。うん。違いますよね。

そして、「王様のブランチ」の「ブランチBOOK大賞」をいただきました。

ただ私、関西圏に住んでいて、「王様のブランチ」放送されていないんですよね。その時間帯には、「せやねん！」というトミーズさんが司会されているザ関西な番組が流れているんです。ただ、この「せやねん！」に出た芸人さんは売れるという関西では有名なジンクスがあって、ブラックマヨネーズさん、千鳥さん、かまいたちさんなどなど、「せやねん！」でコーナーをされていた芸人さんたちは今や大活躍です。

「王様のブランチ」は、本を真正面から紹介していただける、貴重な番組だと出版社の方からよく聞きます。そんな「王様のブランチ」のBOOK大賞に選んでいただけたということは、本の世界のブラマヨさん千鳥さんの後に続くみたいなもんですよね。そもそも、『そして、バトンは渡された』がテレビに出るなんてとわくわくしました。


続いていただいたのが「ほんま大賞」という、九州の書店員さんが創設された賞です。なんと、驚くことに、第1回の受賞作品が『そして、バトンは渡された』なんです。光栄すぎます。第1回の賞をもらえるってめったにないことですよね。

副賞としていただいた素敵なパッチワーク、今でも壁に飾っています。私だったら80年かかっても仕上げられない丁寧に作っていただいた代物。

『そして、バトンは渡された』の表紙の絵を温かくかわいくしてくださったパッチワークなのですが、眺めていると、どんな寒い時も春が訪れたみたいな気分になります。そしてなぜか「ほんま大賞」創設者のHさん（すみません。今更イニシャルにしてるんですけど、本名ばれてます？）には手作りのお守りまでいただきました。その時はHさんと会ったことすらなかったんですよね。このころからHさんはじめ、書店員さんの応援してくださるパワーをひしひし感じ始めました。

本物の小説家にドキドキ

年末には「キノベス！」という紀伊國屋《きのくにや》書店さんが実施する賞をいただきました。その時、初めて生の作家さんにお会いしました。村田沙耶香《さやか》さんと平野啓一郎さんです。すごいメンバー！　私だけ場違い感出まくりです。

うわー本物の小説家だ。しかも、芥川賞とかとられているすごい方々だと控室でドキドキしました。村田さんは斜め前にお座りだったのですが、穏《おだ》やかな空気をまとった可憐《かれん》な方で、

「瀬尾さん、ほかに作家のお友達とかいらっしゃいますか？」

と聞いてくださいましたが、

さ、作家？　えっと、どなたかとどこかですれ違ってないかな。その人友達ってこ

とにしとこうかと焦っていたところ、

村田さんと一緒にいた出版社の方が私もお世話になっている方で、

「瀬尾さんは、家から出ないからあんまり交流とかないよね」と代弁してくださいました。

ありがとうございます。その通りです！　って。家からは出てますわ。でも、誰とも交流してないか。村田さんが初の作家友達になるかもと、いくつか会話をし、ここでぐっと距離を縮めようと私は授賞式まぢかに、

「一緒にトイレに行きましょう！」

とお声がけしたのですが（どんな戦法？　40歳超えてるやんな。怖いわ）、

「さっき行きました」

と穏やかに断られ、距離を詰められませんでした。残念。

授賞式での、平野さん、村田さんのご挨拶は客席でお聞きしていたのですが、作家の人ってお話も上手だし、みんな落ち着いていて、面白いだけでなくどこかきらりと知的なんですよね。言葉の細部に才能があるなあと客席で見ておりました。（本当はそんな余裕なかったか。私、あんなこと言えるかなとひやひやしてたわ。）

私の挨拶ももちろん……。いや、これは、思い出したくないので省きます。

賞をいただけたのはもちろん、書店さんに並べられている『そして、バトンは渡された』の姿が何よりうれしかったです。

かわいく装飾していただいたり、季節に合わせたPOP（本を紹介するカード）をつけてくださったり、こんなに本ってかわいがっていただけるんだと我が子が大事にされているようで、こっそり書店さんをのぞいては、一人で嬉々《きき》としていました。

そして、そんな折、「本屋大賞にノミネートされました」と敏腕編集者Sさんから電話がありました。あー、あのノミネートというやつですね。すでに、卒論まで書いたのに、山本周五郎賞で落選をしていた私は、選ばれるわけはないだろうと思っていました。

ところが、なんと！『そして、バトンは渡された』が本屋大賞に選ばれたのです。奇跡です。書店に関する考察などの卒論も書いていないのに。

読者の方に一番近い方々が選んでくださったということが、本当にうれしくてたまりませんでした。

そして。書店員さんのおかげで、お祭りのような日々が始まりました！

第3回　その神輿、次は私が担ぎたい

いざ、本屋大賞発表会へ

2019年4月。本屋大賞の発表会が行われました。

さて。発表会の1日。裏側はどうだったかと言うと……。

まず、田舎者の私は前日の夜遅く東京に乗り込みました。東京のホテルに到着し、フロントで名前を言うと、

「こちら。Sさん（敏腕編集者）から」

とおっしゃれーな紙袋が渡されるではないですか。こんな場面、一昔前のドラマでしか見たことないわ。部屋に入って、すぐさま開けると、中身は超高級チョコレートでした。Sさん、私のこと狙ってるのかも。夫と子どもがいるって言うとかないとと焦りました。

そして翌朝、指定された場所に向かうと、さっそくメイク。そして、ことあるごとにメイク。本屋大賞となるとメイクさんの気合いも入るんやなって、帰ってから前年

度の辻村深月《つじむらみづき》さんの画像を見たら、そんな化粧しておられませんでした。素材の問題だったんですね。

昼ごはんに、敏腕編集者Sさんが「瀬尾さん、鰻《うなぎ》食べに行きましょう」と言ってくださったのですが（緊張してる時、鰻食べる？　喉《のど》通らへんわ。というか、私、鰻なんて土用の丑《うし》の日にしか食べへんけどな）、

「いや、そこはうどんにしてください」

と昼食を済ませ、いざ発表会会場へ。

発表会は明治記念館で行われたのですが、歴史のあるすごい建物。荘厳《そうごん》さと華やかさどちらもが漂っていて、中に入れただけで満足でした。

気弱な私は、慣れない場所と空気に、「はい」「はい」「その通りです」と言っていただけですが、あちこちで写真撮りたかったなあ……。

だけど、敏腕編集者Sさんが、「景色見に行きましょう」と庭に連れ出してくれたのはうれしかったです。私の気持ちが少しでも休まるようにと広い場所に連れて行ってくださったんだろうとお心遣いに感謝し、新鮮な空気を体中に吸い込みました。あ、でもこの時もSさん、

「もし途中で、しんどくなったら、ぼくが飛んで行きますね」

とかっこつけてはったわ。

夫と子どもがいるだけでは伝わらなかったんか。離婚する気はないと、もっときっぱり言わないとあかんかったんやな。

発表会直前、前年度受賞者の辻村深月さんにご挨拶したんですけど、本当にかわいく素敵な方でやさしいだけでなく辻村さんならではの雰囲気があふれていました。独特というのではない自然と周りになじむ個性があって、存在そのものが素敵でした。辻村さん、おしゃれでもありますよね。

ちなみに私は洋服屋さんで、「結婚式の二次会みたいなものに行きます。でも、あの人、めっちゃはりきっているなと思われない程度のおしゃれな服をください」と言って、店員さんに選んでもらった服で参りました。変な格好だったとしたら、大阪の洋服屋さんのせいです。

さあ、いざ、発表会。

ばっちりメイクを施《ほどこ》し、緊張真っ盛りで発表会のステージに立ちましたが、顔をあげたとたん、緊張は瞬時に消え、ふつふつと感動が湧《わ》いてきました。

バトンちゃん（『そして、バトンは渡された』の表紙に描かれた女の子）が描かれたうちわを振ってくださる書店員さん、お会いしたことのある書店員さんの優しい顔。「まなざし」ってこういうことをいうんだと思いました。私、たぶん書店員さんより年上か（こう見えて28歳なんですよ～）、同年代だと思うんですけど、皆さんの目が、あたたかな子どもを見守る視線だったんですよね。

私、子ども時代にあんまり思い出がなくて、22歳からが人生の本番だと思っているのですが、この時の温かい空気に（もちろん、私ではなく「本」に愛情を注いでくださっているのですが）、そのお気持ちに、空っぽだった自分の子ども時代に暖かな光をあげられた気持ちになりました。あの場で立ってみなさんに見守っていただけたことが、一番の貴重な経験でした。本当にありがとうございました。私を私の作品を幸せにしてあげられたなと、皆さんのおかげで思えました。

それにしても、本屋大賞は、全部手作りでありながらも、きらびやかで一歩一歩ここまで築き上げて来られたのが伝わるすばらしい発表会でした。

当日、本屋大賞を運営されている方に、私の緊張が目に余ったのか、「これはお祭りなんで、瀬尾さんは神輿《みこし》に乗っておいてくだされぱいいんです」と言われました。本当最高のお祭りですね。

本屋大賞をいただいた後、私の中に広がる思いは、書店員さんにこそ大賞作りたいわ。本売ってくださるの書店員さんなのにということです。

今度は私に神輿を担《かつ》がせてください。五十肩（28歳なのに）で左腕あがりませんけど。

お店の前で「いらっしゃい！」と呼び込みとかさせていただきたいですし、半日、いや2時間書店員とか（体力も根性もないんで）、書店の裏で段ボールの開封とか、なんでもやる気まんまんです。

伺う書店さんで「何かやらしてください！」とたまに言うんですけど、未だに段ボールの開封すらさせてもらえません。よっぽど不器用に見えるのかしら。

いつでも神輿担ぎます

２０２３年。本屋大賞も20周年を迎えました。おめでとうございます。おどろいたことに、２０２３年の発表会前日、カルカン先輩からメールが来ました。

明日、会場にはまいりますが、私は忙しくて挨拶できるかわかりません。とにかく瀬尾さんにお会いできるの楽しみです。と。

え？　私、ノミネートすらされてませんけど……。カルカン先輩もしかして私が大賞だと思われてる⁉　いや、そこまで頓珍漢《とんちんかん》な方じゃないか。

カルカン先輩の中ではいつでも私が大賞なんですね。

と返信しましたが、よく考えたら、最初にお会いした時、「ぼくは姫野《ひめの》カオルコさんの作品が好きなんですよねー」ってカルカン先輩、私の作品じゃない本の感想言うてはったわ。

というわけで、私いつでも神輿担ぎにまいります！　たぶん、カルカン先輩も一緒に。書店員さんと何か楽しいこと一緒にできたら、最高です。

第4回　くす玉を割るコツと絶景横浜

書店さんのＰＯＰはスゴイ！

『そして、バトンは渡された』で本屋大賞をいただいた直後、書店さんを訪れることが増えたのですが、うれしいのは書店さんがかわいい手の込んだＰＯＰを作ってくださったり、華やかに飾ってくださったりしていることです。ちやほやされたことが一度もない私にとって、本当に夢のような1年でした。

書店さんの作られたＰＯＰは今でも宝物です。どうやって作っているのだろうと驚きの品の数々。本を読んでその内容を形にできるセンスと、作り上げる力はすごいです。娘の学校の体操服のゼッケンですら、１００円均一の接着剤でつくゼッケンを使用し、それでも斜めにいがんでいる体操服を着せている私には、書店員さんは雲の上の存在です。

何より、本が売れないと嘆くなら、自分たちで盛り上げようと本屋大賞を立ち上げられ、それにとどまらず、次々と取り組みを実施される様子を拝見したり、本に対する熱意をお聞きしたりするたびに、胸をうたれます。本を売ることにこれほどまでに情熱を注がれることを思い知り、もっと真摯《しんし》に小説を書かないといけないと思わされました。そして、皆さんのおかげで、私自身「作家」と名乗ってもいいのかもしれないという自信ももらえました。

それまで、私は周りに小説を書いているとは言っていませんでした。そもそも、突然友達が、

「いやあ、私って、ほら、小説っていうの？　それ書いててさ」

とか言い出したら、何か売りつけられそう。怖〜ってなりますよね。

それが本屋大賞で取り上げていただいたおかげで、「え？　あんたって、小説家やったん？」とママ友の間でも少々評判になり、どんくさかった私は、あの人あほみたいやと思ってたけど、そうでもないかもと思われるようになりました。

もちろん、私などまだまだなので、今でも、私のことを知ってる読書家のママ友が、「実はこの人！　瀬尾まいこさんなの‼」とほかの人に紹介してくださって、とんでもない空気になることもしょっちゅうです。

実はって、何？　瀬尾まいこって、誰？

という視線。

一生懸命ママ友が、

「ほら、そしてバトンはなんちゃらってあるやん。えっとほかに……」

と説明してくれればくれるほど、穴を掘りたくなります。

もっとがんばらなくては！

カルカン先輩と憧れの横浜

さて、本屋大賞をいただいてからの書店巡り。

東京方面は、カルカン先輩に案内していただきました。カルカン先輩は前の時以上に「俺に任せとけ」（正しくは「まあまあ、瀬尾さん、ぼくに任しといてちょうだいって、何とかなるから」）という顔を見せ、東京の街を迷いなく歩き、てきぱきと連れて行ってくださいました。

東京って本当ににぎやかで、書店さんそれぞれの雰囲気も違って、行くところ行くところでわくわくしました。

そして、横浜の書店さんにも行くということで、私はこの日をひそかに楽しみにしていました。

東京は修学旅行の引率もあって数度訪れているのですが、横浜ってずいぶん昔に一度しか行ったことがない、憧れの街だったんです。

中華街、赤レンガ倉庫、港の風景。おしゃれに違いない。海風に当たり歩くだけでもいいな。と心を弾ませていたところ、カルカン先輩は地上では命でも狙われているのか、横浜についた途端、一切景色の見えない地下街を通り書店さんに行き、またもや一筋の風も吹かない地下街を通り、もう1店舗を訪れ、そのまま東京に戻るという偉業を成し遂げたのでした。

ここまで徹底的に地下通る必要ある？　一瞬地上出てもよくない？　気の弱い私もさすがに、「少し横浜の風景見たかったです」と訴えました。

すると、カルカン先輩は、「今日は、書店さんを回るだけですから」ときりっとした顔でお答えに。

そうだ。観光に来たわけじゃなかったんだ。書店さんに行くのが楽しく、心を躍《おど》らせていたけど、これは仕事でもあるのだ。そう思い顔を上げた私の目の前にあるのは、がさつなカルカン先輩ではなく、仕事ができる男の顔でした。

って、そんなわけあるかー。最近カルカン先輩にお聞きした話では、営業中においしいものを食べるのが好きで、行きつけのクレープ店もあるとか。え？　行きつけ？しょっちゅう同じとこで寄り道？　自分一人の時は食べるんだ。それなら、私にわずか5分でいいから横浜の空気を吸わしてくれたってよかったんじゃないのだろうか。

いまだに納得いきません。

リベンジしたい、くす玉事件

怒濤《どとう》だったのは九州の書店さん巡りです。カルカン先輩から独り立ちし、大分に旅行に行った後、福岡と佐賀の書店さんに私だけでご挨拶に行く予定だったのですが、台風で高速道路も通れず、バスも電車も動かなくなってしまい、大分から出られない状態に。

とにかくタクシーに乗り、「行けるところまで北に進んでください」と告げ、駅を見つけては電車が動いていないかチェックしながら福岡に近づき、復旧した電車を見つけて乗りこみ、佐賀へと向かいました。

佐賀の書店員のHさんは約束の時間を大幅に遅れたのに待っていてくださり、温かくお迎えくださいました。そして、器用なHさん。くす玉を用意してくださっていました。

くす玉って、すぐさまひもを引っ張りたくなりますよね。でも、みなさん、落ち着いてください。私、学校で働いてたんで、くす玉のことよく知っているんです。割れないまま天井からさみし気にぶらさがるくす玉を何度見たことか。あんな目にくす玉を遭《あ》わせるわけにはいきません。くす玉割りにはコツがあり、ひもの力で玉を割るので、勢いがいるんです。しっかり引っ張らないと、ひもが抜けるだけで玉が割れないんです。以上、解説でした。

さあ、自称くす玉名人の私は「任せてください」と慣れた顔で、「よいしょ」と思いっきりひもを引っ張りました。一発で開けてみせますね。私のくす玉割りをご覧あれと。

……ところが、勢いがあまりにも強すぎたのか、天井からくす玉ごと落ちてくるという大惨事《だいさんじ》が!! 割れるではなく、崩れ落ちたくす玉から、何体もの『そして、バトンは渡された』の表紙に描かれたバトンちゃんの人形がころころと転がっていくではありませんか。

「す、すみません」と小さいバトンちゃんを必死で拾い集めました。

遅れるわ、くす玉は崩すわ、どんなひどいやつなんだ。

Hさん、素敵なものを作ってくださったのにすみません。やる気はあったのに、実力が伴わなくて。でも、あの時の小さなバトンちゃん、我が家で今でも幸せに暮らしております。

その後、福岡の書店さんに伺った時には閉店間際。

それでも、とても優しく待っていてくださいました。ご迷惑をおかけして本当にすみませんでした。お手紙をいただき、こんな感じで飾ってますと本のレイアウトまで見せてくださいました。私だったら、「もう来ないんやったら来ないにしてくれ。帰るから」と思ったことでしょう。いつの日かゆっくり伺わせてください。

福岡では夕飯に名物のイカを食べたいと思っていたのですが、すっかり夜も更《ふ》け、コンビニ弁当を買いホテルで食べるだけとなりました。

カルカン先輩がいてもいなくても、知らない土地って難しい。横浜も九州も必ずリベンジしたいです。あ、くす玉も……。

第5回　アイラブ書店

一人でもこっそり書店さんへ

私、書店員さんに会うのが本当に好きなんです。

自分の小説を読んでくださっている方とお話をする機会ってなかなかないんですよね。しかも、それを大事に売ってくださっている書店員さんとお話しできるって幸せです。

そして、書店員さんって話題が豊富でやっぱり楽しい。

もちろん、普段ママ友と、

「次、結婚するなら斎藤《さいとう》工《たくみ》か向井理《むかいおさむ》か」

と話しているときも笑えるし、

「旦那の食器洗浄機への食器の入れ方が悪すぎる」

と愚痴《ぐち》っているときもすっきりするし、

「あ、さっきの結婚相手のやつ、やっぱり西島秀俊《にしじまひでとし》も入れとこう」

と真剣に考えているときも楽しいです。

教員をやめ、娘の友達のお母さんが頻繁《ひんぱん》に会える友人となり、自分とは年齢も考え方も異なる人と話せるのは、世界が広がるようで、興味津々でおもしろいです。

ただ、職場にいた時と違い、仕事の話を全然しなくなっていることに、書店さんを回って気づきました。普段は生まれ変わったら誰と結婚しようかと考えてばかりですが、書店員さんと話した後は、突如《とつじょ》執筆意欲がわきます。仕事にかかわることを話せるって実は貴重なことだったんですね。

そんなこんなで、実は一人でもこっそり思い立ったら書店さんに行く、超迷惑な私です。


ある関西の書店さんに、一度カルカン先輩と訪れた1週間後くらいに一人で行ったことがありました。前回に対応してくださった書店員のNさんを見つけ、

「こんにちは、瀬尾です」

と挨拶をすると、Nさんは、

「どちらの?」と厳しい声。

あ、そうだ。一人で来たら、ただのおばさんなんや私。カルカン先輩がいないと小汚い中年女性でしかないいんやと焦りつつ、

「えっと、本とか書いていて、その瀬尾まいこっていうんですけど。あの、先日カルカン先輩とまいりまして」

とぐだぐだの説明をし、なんとかわかってもらえました。

ちなみにNさんは私の本をたくさん読んでくださっていて、とてもチャーミングで楽しい方で、

「うわー。しつこいクレーマーかと思いました」

と言った後、

「次は私が先に見つけますから、絶対声かけないでください！　私から瀬尾さんに声をかけますね。私、見つける自信あるんで、店に来たら、その辺にいててください」

と言ってくださいました。

ありがとう。でも、ちょっと待って。おばさんと思われるのはしかたないけど、クレーマー？　私、名前言っただけですよね。しかもびくびくしてたのに。こんな気弱やのに、図々しく見えているなんてショックやわ。

その後、私はクレーマーの濡《ぬ》れ衣《ぎぬ》を乗り越え、そのお店に何度か行って、いつ声をかけてくれるかなとうろついてみてるんです。（一つも気弱ちゃうかった。メンタル強いわ。）それが、何年経っても、一向に誰にも声をかけられることはありません。

先日ついに思い切って、スタッフの方に聞いてみたところ、Nさんは残念ながら退

職されているとのこと。Nさーん。やめる時、教えてー。いらっしゃらないのを知らずに店内で待ち続けていたって、私、忠犬ハチ公じゃないですか。そんないいものちがうか。店内うろうろし続けて、そのうち、本当にクレーマーのおばさん扱いされるところやったわ。

でも、もう一度、Nさんに会いたかったなー。本当に見つけて声かけてほしかった。

「愛って何なのか」

一人で行った書店さんはたくさんあるのですが、地元奈良の書店さんに行った時もおもしろいことがありました。

この時は出版社さんが訪れる書店さんに連絡をしてくださったうえで、一人でお邪《じゃ》魔《ま》しました。

2つ系列の書店さんがあって、一つの書店さんに行った後、「今から奈良店のほうに行くんです」とお伝えしたら、そこのスタッフさんが、「それなら連絡しときますね！　奈良店、瀬尾さんにサプライズ用意するってはりきってましたから」と言ってくださるではないですか。

お心遣いありがとうございます。……って、今なんて？　サプライズを用意？　私聞こえてしまったんですけど。とあたふたしていると、「みんなで用意してるらしいですわ。瀬尾さん来るからサプライズって」と念押ししてくるスタッフさん。えっと、私とスタッフさんのサプライズの意味の解釈、一緒でしょうか。

演技力があるのかないのか今まで試すことがなかったけど、自然に驚けるだろうかと、その店に行く間、汗が止まりませんでした。

おそるおそる、奈良の書店さんまで行くと、「歓迎 瀬尾まいこ先生」と書かれた垂れ幕が入口に。これがサプライズだと認識した私は、必死で「えー!! こんな垂れ幕が！ すごい!!」と言い、入店しました。店長さんも「驚いたでしょう」とほくほく顔。ナチュラルな演技ができたようでした。

そういえば、私、幼稚園の時、白雪姫の主役やったことあったわ。私以外に白雪姫役8人いて、セリフ一言だけでしたけどね。

そのお店では店の真ん中に机を用意してくださり、瀬尾まいこさんサイン中と書かれた札の前でサイン本を作らせていただきました。

もちろん、お客さんに「あ、瀬尾さん」と声かけられることは一切なく、「あのおばさん、店の真ん中で何してはるんやろう」とただの見世物状態でしたけど。あ、これがサプライズだったのかも。

垂れ幕には驚かなかったのですが、サインをしている私の横で、ずっと店長が、

「奥さんが最近冷たくて」

「愛って何なんでしょうね」

と話されていることは、サプライズでした。

「愛って何なのか」

書店員さんと話すのは楽しいけど、初対面の方とサインをしつつ語る内容としてはハードル高すぎるわ。でも、とても楽しいお店で、後日、ありがたいことに、サイン会も開いてもらえました。


サプライズで、今回またもやカルカン先輩を思い出しました。(どれだけ恨《うら》みあるんだろうって思わないでください。違うんです。私、カルカン先輩のこと、敬愛してやまないんです。おそらく、たぶん、きっと。)

本屋大賞受賞直後、大阪郊外の書店さんが『そして、バトンは渡された』の表紙の女の子のお面を作って迎えようとしてくださったことがありました。

その時は、カルカン先輩とは違う営業さんと回ったのですが、カルカン先輩が営業の方に時間を間違えて伝えていて、書店に早く到着してしまい、せっかくのサプライズが不発になるという大惨事がありました。

「カルカンさんらしいわ」

とスタッフさんは笑ってくださってましたが、私は「横浜観光つぶしの次はサプライズつぶしか」と度肝《どぎも》を抜かれそうになりました。

でも、その時使用される予定だったお面をいただき、娘にお面をかぶせて、そのお店に再度お邪魔することができました。

あ！　もしかしてカルカン先輩、書店さんと私との関係が長く続くよう、再び訪れる機会をもたらすために、わざと間違えた時間を……。なんと敏腕。やっぱり恐るべき先輩です。

第6回 「水鈴社の夜明けぜよ」

『夜明けのすべて』の夜明け

本屋大賞の発表会後、タクシーの中で敏腕編集者Sさんが突然熱く語りだしました。酔っておられたので、話があっちこっちに飛んで、

「ぼく、メダカ好きで3000匹飼ってるんですよね～」という、「あ、そうなんですね」という答えしか浮かばない話をされ、

「ぼく、蘭もたくさん育ててるんですよね」という、やっぱり「あ、そうなんですね」と答えるしかない話をされ、

「布団が吹っ飛んだ」という、え？ 突然どうした？ 誰かお呼びしましょうか？ と心配になるダジャレを発した後、出版への思いを語られました。

ダジャレが大好きなSさんが連発されるダジャレ部分をそぎ落とし、私の作家としての力すべてを使ってまとめると、

「大きな会社にいると一年に十何冊も本を作って売らないといけない。ぼくは本当に

届けたい本を、もしくは本当に求められている本を、大切に売っていきたいんです。だから独立して新しい出版社を作ります。今はネットやアニメやゲームや、本よりおもしろいと思われている物がたくさんあるかもしれない。でも、ぼくは本に救われてきたし、もっともっと本の面白さを伝えたいんです」

と言われました。あのダジャレまみれの話をまとめるの、めちゃ力使ったわ。この力で3冊、本書けそうやったわ。

その時、本屋大賞で書店員さんの情熱をバリバリに感じていた私は（私、お酒飲めないんですけど、人の熱意を受けると、酔っ払う以上にテンションってあがりますよね）、

「そうですよね！　そうです！　やりましょう！」

と、うなずきました。

「そのためには瀬尾さんの原稿が必要なんです」

とSさんは言い、

「書きます、書きます！」

と私は答えていました。

そして、ダジャレ（私は我慢して聞くだけです。つらかったわ）と、出版への思いをやり取りしている間に、『夜明けのすべて』という本が完成しました。

この『夜明けのすべて』は映画化され、２０２４年2月に公開されます。先日、試

写会で見せていただいたのですが、大げさなものではなく、私たちのすぐそばにある光で包まれたような、いつまでも見続けていたくなる心地よい映画でした。映画って見るのに、少しパワーが必要だったりしますが、どんな心の状態の時でも触れたくなる優しい作品です。

出版社の立ち上げの第1作にさせていただいたことは、すごく誇りです。出版業界のことはよくわからないのですが、そうそう出版社って出来上がらないでしょうし、私の作品を第1作にしたい人などいないから、今後このような機会はないだろうし、水鈴社《すいりんしゃ》さんは、いつでも私にとって大切な、そして大好きな出版社さんです。

物語のリレーをつなぐ最終走者

Sさんは宣言通り、大事に大事に『夜明けのすべて』を育ててくださいました。そのおかげもあり、『夜明けのすべて』には、たくさんの書店員さんからのご感想もいただきました。

私、感想文って本当に苦手なのですが、みなさん、文章がお上手で、丁寧《ていねい》に読んでくださっているのがわかり、そうそうそれそれ！　とうなずくこと多数で、とてもうれしくなりました。

『夜明けのすべて』は、私のパニック障害の経験がもとになって書かれていることもあって、「実は私も」というご感想もありました。

そうなんですよね。たいへんなんですよね。生きるのって。

でも、そこにたまたま物語があって、何かの瞬間に、手を触れられたことで明るい光を一瞬でも感じていただけたらどんなにいいだろうと思います。

私自身はさほど読書家ではなく、本に救われた経験はないんです。でも、皆さんのご感想にこそ救われました。小説を書く仕事は、時折、うっかり一人でやってると思いそうな孤独に襲われます。

もちろん、編集者の方も連絡をくださいますが、だいたい半年に一度くらい用事のメールが来るくらいで（別にそれでいいんです。そのほうが気楽なので）、私一人で何してるのだろう。こんな話書いてて、誰か読んでくれるのだろうかとなる時もあります。

そんな時、書店員さんのご感想を読みます。

私が書いた物語は書店員さんがつないでくださるんですよね。私が第1走者で、アンカーが書店員さん。第3走者くらいにカルカン先輩。（あ、クレープ屋寄らずに走ってもらっていいでしょうか。そこの和菓子屋も立ち止まらないで！）読者の方に届くまでに何人もの方がかかわってくださってるんですよね。私もしっかり走らなきゃ。アンカーになってくださる書店員さんが走りたいと思ってくださる作品を作らなくてはと思います。

ちなみに敏腕編集者Sさんは頻繁《ひんぱん》に連絡をくださいます。Sさん、すごく大豆。じゃなく、マメなんですよね。(ダジャレ大好きSさん風。)

こまめな連絡だけでなく、どこか行かれたらお土産をくださるし、校正用のゲラを送ってくださる時にはお菓子を忍ばせてくれるし(お菓子大好き。水鈴社万歳!)、娘もかわいがってくださいますし、それに、いつも「瀬尾さんは有村架純《ありむらかすみ》にそっくりですよ」と真顔で言ってくださるんですよね。(あ、違うわ。あの人、私のことおちょくってるわ。水鈴社どうかと思うわ。)

そういう些細《ささい》なやり取りって、普段田舎で暮らし執筆を忘れがちな主婦業に追われる私(今日はとりあえず掃除はいいにして、2日目のカレーを温めないと! 主婦ってたいへん)には、必要なんですよね。

そういえば、以前『その扉をたたく音』を担当してくださった編集者さんも、頻繁にメールをくださいました。自分のことを率先して語ってくださる人で、自作の歌を作った話とか失恋の話とか、私だったらお墓まで持っていくようなことをガンガン話してくださるうえに、エレファントカシマシの宮本さんの物まねも上手で、魅力的な人だったなー。

その方が下さるメール、いつも最後におすすめの曲ですって、YouTube へのリンクが貼られてたんです。学生の時、カセットに好きな曲を入れて友達に渡した記憶あるけど、今でもこういうことする人いるんだ！　と懐かしくなりました。

いい意味で編集者らしくなくて、お話しするのも気楽でやり取りも楽しかったです。今回このエッセイを書くにあたり、確認のご連絡をしたのですが、「あの日々は青春だった」と言ってもらいました。そのくせ、当時私が話したことをほとんどお忘れでした。青春ってそんなもんやなー。私は失恋話、詳細まで覚えてますけど。

最後に名称変更のお知らせです。

敏腕編集者Sさんは、水鈴社を設立されたことにより社長になられたので、これから先、ダジャレ社長と明記することをお見知りおきください。

社長は、ダジャレをいつも言っておられて、それが面白かったためしがないという恐ろしい欠点をお持ちです。ただ、私の娘のことも本気でかわいがってくださるいい人です。

本への愛情はただならぬものであり行動力があるのはもちろん、たぶん、仕事ができ、気遣いもできる人だと思います。いつかダジャレ社長の名を返上できることを陰ながら応援しております。

第7回　あの瞬間にあったもの

コロナ禍でも頑張る書店員さんを尊敬

本屋大賞受賞後、書店さんを巡って楽しい思いをしていたのもつかの間、その翌年の春ごろに、感染症が広まりました。

あまり外に出てはいけない空気に、書店さんを図々しく訪れることもままならなくなりました。

それでも、コロナ禍《か》に出版された本に関しても、書店さんがいろんなことを企画してくださり、ありがたいことばかりでした。

ある地域では4つの書店さんを回って合言葉を完成させると、特典があるという企画。その合言葉が途中でわかりそうでわからない秀逸《しゅういつ》なもので、まさに「おみそれ」しました。

また、カルカン先輩と地下を通って一切景色を見ることなく訪れた横浜（いつまで根に持ってるん？　心の傷はあと8年でいえそうです）の書店さんは、本を買うと私のメッセージ動画を見られるという企画を。いや、動く中年の私、写真よりきついけど大丈夫？　これ、特典と言うより、罰ゲームやわ。

ほかにも、いろんな書店さんで企画を立ち上げてくださいました。

在宅時間が増えることで本が売れるのかと思ったら、そうでもないというお話もお聞きしました。何をどうすればいいのか、難しいですよね。

そんな中、あれこれ試され動かれる書店員さんには尊敬しかなく、そこに私の作品を巻き込んでいただけるのは、とても光栄です。

おこもり生活のお供

さて、我が家は、娘の入学式が運動場で行われ、その翌日から休校。

朝から晩まで小学1年の娘がいる日々。少しは仕事をしないとと焦るものの、静かじゃないと集中できない私には困難でした。

私が相手せずに娘一人で遊んでくれる物はないかと、インターネットで探している中で、素晴らしい代物を発見しました。そう、トランポリンです。

購入した方々のコメントでは、

「うちの子は届いた日から、大喜びで一日中跳んでます」

「子どもたちがすっかり夢中で、何日も遊んでいます」

と大絶賛。ついでに、

「運動不足も解消し、痩《や》せました」

「いろんな動きができ、体がほっそりしてきました」

という情報も。

子どもが夢中になる上に痩せるなんて、なんという優れもの。娘が一日中跳んでいる間にやりたいことができるし、ついでに私も跳べばほっそり体形に。すぐさまネットで購入しました。

ところが、いざ届いたトランポリン、我が娘は10分ほど跳び、1週間で飽《あ》きてしまいました。運動不足解消に私も跳んでみましたが、5分で酔いました。あの一日中跳んでいたという子、大丈夫なんかな。今では、トランポリンはただの荷物置きになっております。まあ便利やけど。

大きいのが少々難点ですが、スプリング部分はかなりの重量に耐えられますので何でも置くことができ、ハンドル部分には脱いだ洋服をかけられます。これを購入してから部屋がすっきり片付きました（50代女性）

使い道間違えたレビュー送りそうです。

おこもり生活が続くうち、仕事のことはひとまず忘れることにして（それ、あかんで）、とにかくなまった体をなんとかせねばと、娘と当時流行った2週間で10キロ痩せるダンスにも取り組みました。

2週間で10キロは痩せすぎや。一気に体重落ちてしまったら、調子悪くなるかもしれないと、5日だけやってみました。ところが、1キロも痩せないという衝撃の事実。あれ、3・5キロ痩せる計算なんですけど。どういうことなのでしょうか。

本当なんでも自分で確かめないとですね。

伝家の宝刀、本屋大賞！

休校期間中、本屋大賞に助けられたこともありました。

娘の通う学校では、休校で家庭訪問がなくなり、代わりに電話で家庭調査が実施されました。

私、入学式に提出した家庭調査票の職業欄に「執筆業」と書いたんです。そしたら当時の娘の担任の先生から、

「どういうものを執筆されているんですか？」

と電話で尋《たず》ねられました。

「普通の小説です」

と恐る恐る答える私。

「どちらの会社で？」

「会社というものには所属してなくて」

この私の回答に、先生は、

「どういうことですか？」

と、うんと怪しまれたご様子。

そこで、伝家の宝刀取り出しました。そうでした。私、みんなを納得させられる武器持ってたんでした。

「あ、実は、昨年、私、本屋大賞をいただいてまして」

そうなの。私、受賞者なのよ。しかもあの本屋大賞の。

先生のお声は優しく変わり、「あ、失礼しました。そうなんですね！　素敵ですね」

と言っていただけました。

本屋大賞。信頼の品ですね。書店員さんの素晴らしい賞のおかげで、娘の学校の信用まで得ることができました。

休校が続きしばらくすると、娘と一緒に近くの公園に行くようになりました。外の空気って貴重ですよね。空の下ってこんなにすがすがしいのかと思い知りました。

公園に行くと娘より20センチは背の高い女の子が鉄棒で逆上がりをしていて、

「お姉ちゃんすごいね」

と声をかけたのですが、よくよく話してみると、娘と同じ年で、クラスまで一緒だというではないですか。その日以降、二人はわずかな時間だけ、毎日公園で遊ぶようになりました。

学校生活が少しずつ元に戻り始めた今、娘とその友達は一緒に登下校をしています。二人が並んで歩く姿に、時折公園で会った瞬間を思い出します。

あの感染症の中で入学をしてから4年。クラスが変われどもどちらかが欠席しない限り、欠かさず一緒に歩く娘たち。あの窮屈《きゅうくつ》な中、二人でそっと築いていたものは、簡単には崩れないまぶしい光を今もなお放っています。

第8回　そうだ、奈良に行こう！

これぞ奈良？　愛について語る店長

昨年（2023年）あたりから、少しずつ以前の生活が戻ってきたように感じます。そして、9月に『夜明けのすべて』が文庫化されることになり、久しぶりに書店さんをめぐることにしました。

え？　新作じゃないよね？　文庫になっただけならおとなしくしといてくれる？　すみません。チャンスがあれば、書店さんに行きたいんで。つい。

というわけで、これから何回かに渡り、書店巡りの思い出を書いていきます。ただ、プライバシーの問題や、応援してくださっているのにお邪魔したくても行けない遠方の書店さんもあるので、長居したりお世話になったりしたくせに、さらりと書いていくことをご了承ください。

とお断りを入れたところなのですが、今回、奈良だけはガッツリ紹介させてください。

　皆さん、奈良と聞き何を思い浮かべられたでしょうか？　鹿と大仏。そうなりますよね。ですが、奈良には、まだまだ素晴らしいものがあるのです。それなのに、なぜか関西でも目立たず、「奈良にうまいものなし」とも言われてしまいます。

　柿の葉寿司、わらび餅、そうめんなどおいしいものもたくさんなのですが、飲食店がオープンしても割とすぐに閉店するんですよね。しかも、奈良って、県外消費率が全国1位なんですって。私たちは、自らを犠牲《ぎせい》にし、他県の幸せを願い、ついつい地元以外で買い物しちゃうんです。いや、単にお店が少ないからだと思うのですが、これだけ歴史的建造物もあることだし、みなさんに奈良に来てもらいたいと常々思っています。

　え？　私ですか？　いえ、観光大使にも名誉市民にも、何にも選ばれておりません。でも、住むと愛着わきますよね。ついつい宣伝したくなります。

　というわけで、奈良の書店巡り、まずは、家から一番近くの書店さんに伺いました。出版社さんからいただいた文庫本のＰＯＰを持ち、

「すみません、瀬尾というものですが」

　とお声掛けをすると、

「えっと、スタッフのお知り合いですか？」

と定番のお答え。

「いえ、あのこの本を書いてて（ＰＯＰを高々と見せる）」

「ああ、すみません、今店にわかるものがいなくて……」

1軒目からスベりました。でも、皆さん優しくて、「サイン本作ってください」と言ってくださり、「あ、その本ならここにあります」と『夜明けのすべて』が並んでいる様子も見せてくださいました。知らない人間にサイン本を作らせてくださる寛大さ。これが奈良です。

その次、生駒《いこま》の書店さんに伺ったのですが、以前別の店でお会いしていたスタッフのＷさんがおられ、

「もう声だけで瀬尾さんとわかりました！」

と言ってくださいました。

ありがとうございます。私も遠目にＷさんだろうかと思ってました。

でもＷさん、私の本を読まれないんです。最初お会いした時、

「ぼくは瀬尾さんの本読まないんですけど、飲みに行ったら周りにはたまに勧めてます！」

とアピールしてくださいました。読まないのはいいとして、酔った勢いじゃないと勧められない作品だったとは。いえ、この控えめなところが奈良県民なのです。

そして、この生駒の書店さんでは、私を知ってくださっている店員さんもいて、皆さんで写真を撮らせていただき、その後、同系列の奈良店に向かいました。

奈良店では店長さんをすぐに発見できたのですが、店長さんは忙しそうに手帳を並べている最中。

「すみません。瀬尾まいこと申しまして」

とおそるおそるお声掛けすると、

「あ、ぼく、こんなふりしてますけど、瀬尾さん来るの知ってました」

と言うではないですか。

Wさんが丁寧にご連絡してくださっていたようです。Wさん、本当は優しい人なんです。お酒の力がないと私の本を人に勧められないだけで。

「あ、そうなんですね」

「そうなんですよ」

「えっと、これ『夜明けのすべて』のＰＯＰで、あともしよければサイン本とか作らせていただけますか？」

「作ります？」

「ええ、お時間いただければ」

とぎくしゃくした会話の後、部屋に通してくださったのですが、部屋にはたくさんの本と色紙とマジックが！

「ぼく、手帳並べてるふりしてましたけど、この部屋クーラーまでつけて準備していたんです」と店長さん。

え？　手帳並べるふりはどうしてもしなあかんかったん？　なんのフェイント？

でも、涼しい部屋でいっぱいサイン本作らせてくださり、うれしかったです。

しかも、なぜか店長の奥様のお写真を見せていただき、交際0日でプロポーズしたというお話をお聞きしました。お子様も奥様もすっごいかわいくて本当にお幸せそうな写真にほっこりしました。

あれ、ちょっと待て。ここの店、前、訪れた時の店長さんも愛について語ってたわ。愛について語る人が、店長になる仕組み⁉　奈良ならではの斬新な方式ですね。知らんけど。

おしゃれ金魚に寺や神社。まだまだある奈良の魅力

別日に、新しく建設された奈良県コンベンションセンター内にできた書店さんも訪れました。

ここすごいおしゃれなんです。店の中に様々な文具や奈良名産品のショップもあっ

て、お隣にはホテルもご用意しております。

この書店さんで現れたのがIさん。おしゃれな店内で、本や文学について熱く語られてました。

その後、ミ・ナーラという商業施設内の書店さんへ。こちらのミ・ナーラ、金魚ミュージアムがあるんです。金魚が入った水槽がたくさんあり、照明がキラキラで、壁に花とかぎっしり詰めて、インスタ映えスポットです。金魚もまさかこんなことになると思ってなかったやろうな。私もやで。

ミ・ナーラ自体は新しい施設なのですが、書店さんは昔ながらのお店で、おじいちゃんの店長さんとお話をしていると、駄菓子屋に通っていた子ども時代を思い出しました。

私のことはもちろんご存じなかったのですが、作家と知ると本を探して、ご購入くださいました。

作家に会えるなんてと喜んでくれましたが、私ごときに感動できる繊細《せんさい》な心を持つ人が暮らす街、それが奈良でございます。

観光に来られる方は、奈良をさらりと見て、大阪や京都でゆっくりというパターンが非常に多いと聞きます。奈良公園、大仏がメインとなっておりますが、そこから少し電車に乗っていただければ、薬師寺、唐招提寺《とうしょうだいじ》があり、さらに行けば法隆寺も飛鳥《あすか》もございます。ぜひ奈良でもゆっくりしてください。

鹿とともに、皆さんのお越しをいつでもお待ちしております。奈良転居9年目、瀬尾まいこでした。(ずっと住んでたん、違ったんや!)

第9回　書店巡りの強い味方

敏腕営業のフリ作戦！

書店巡り。2023年の9月下旬には、大阪、兵庫、京都へと向かいました。

実はこの書店訪問から、私、夏川草介《そうすけ》さんの『スピノザの診察室』（水鈴社刊）のプルーフをお配りしてたんです。

そこに書いてあった夏川草介さんの刊行に向けてのお言葉を読んで胸を打たれ、人の生き死にを前にした人しか書けないものって絶対あるし、それをここまで穏やかに真摯《しんし》に見つめてる人っているだろうか。と感動し、水鈴社の社長（あのダジャレの人）に無理を言って宣伝させていただくことにしました。

私が書店に行ったところで、中年女性が現るですけど、夏川さんのプルーフさえあれば喜ばれるやろうなというずるがしこい考えが一番ですけど。

まさか夏川さんにばれると思わず、機嫌よく配っていたんですが、最終的に知られてしまい（恐ろしいことにダジャレ社長が漏《も》らしたようです。おとなしくダジャレだけおっしゃっていればいいものを)、夏川さんから直筆のお手紙とリンゴジュースをいただくことに。

夏川さん、なんていい人。ジュースはおいしいし、手紙は家宝にしました。あ、夏川さん、私ママ友にも夏川さんの本紹介しまくってます。『スピノザの診察室』に感動して、夏川さんのほかの本も買いましたとママ友に言ってもらいました。またリンゴジュース下さい。


さて。

大阪からは強い味方、夏川草介さんのプルーフをひっさげ、書店に向かいました。以前お邪魔したことがあったり、普段から応援してくださっていたりの書店さんもあり、喜んでいただけるお店も多く、サイン本も作らせていただきました。

もちろん、

「瀬尾……?　えっと、ちょっとわからないです」

というご反応の書店さんも。

そりゃそうでしょう。私なんて知らなくて当然です。でも、私には強い味方があるんです。

「瀬尾……、えっと、どちらのですか?」

と問われ、

「あの、作家の……」

と名乗っておきつつ、これはわかってもらえないなと察知した途端、突如、

「こちら、今度水鈴社から出る夏川さんの渾身《こんしん》の1冊なんです」

と営業の顔になり、夏川さんのプルーフを差し出す私。

図々しくやってきた迷惑な無名作家と思われそうになるところを、営業のふりをして乗り切りました。

この後、各地の書店さんでこの作戦を使用したので、私のこと敏腕営業だと思われてる方、多いはず……。って、忙しい書店さんに、連絡もせず訪れるって全然敏腕ちゃうやうか。営業のノウハウ、がさつ協会CEOのカルカン先輩のもとで学んだんで、すみません。

兵庫・京都を大満喫

兵庫は西宮や三宮などを回りました。

西宮と神戸の書店さんに伺うのは初めてでしたが、本当いい町ですよね。風が心地よく気持ちよかったです。

ただ、ついでに観光をと、書店巡りを終えた後、神戸の中華街に行ったのですが、有名なお店で肉まん食べようと思ったらオーダーストップで、それじゃ小籠包《ショーロンポー》だと次の店に向かったら、ちょうど目前でクローズの札を出されました。

変な作家がうろついてると、神戸中の店に噂《うわさ》が回ってしまったんでしょうか？　肉まんのお店で無理にサイン書いたりはしないのに。ショック。

そんなことはどうでもよくて、書店さんの話。

西宮ではちょうどリニューアルオープンのお店に行けてくじ引きひかせてもらえたり、シールを娘にくださるお店があったり、三宮ではいつもご感想をくださる方にお会いできたり、楽しかったです。

別の日、京都にも行きました！

京都の町、人も多くて新しい建物も増え、迷いまくりでした。

京都に来たからにはおいしいものをと、書店さんで食べたかったわらび餅のお店を教えていただき、無事たどり着けました。ありがとうございます。次回お邪魔した際は、書店さん内にあるカフェでハヤシライスをいただきます！

京都には雑貨に力を入れている書店さんが多く、可愛いものだらけで同行した娘が長居してしまうのが厄介《やっかい》でした。

「それではまたよろしくお願いします」

と挨拶《あいさつ》が終わってるのに、ずっとお店から出ない我々一行。店員さんもちらちら気になりますよね。お気を遣わせてすみません。

緊張してうまく話せなくて申し訳ありません

大阪でも兵庫でも京都でも、何より書店員さんといろいろお話しできたのがうれしかったです。

万引き犯について熱く語ったり（ほんまあいつら許せないですよね）、ちいかわに娘より詳しい店員さんがいて娘と盛り上がってくださったり、お店の歴史をお聞きしたり、知らないことを知ることができるのはわくわくします。

すごくたまに、

「瀬尾さん⁉　うわー」

と喜んでくださる方がいらっしゃるんですけど、私こそ、「うわー」です。

この人があの感想書いてくださってた人だって思ってるんですよね。

でも、緊張してうまく話せなくて。

「あの本にくださった感想、うれしかったです」とか「こういう風に読まれてたんですね」とか言いたいのに、いつもうまく言えずです。

緊張？　あんた、めっちゃしゃべってたやん。と思われた方多いと思います。

私、緊張するとどうでもいいことをしゃべってしまうんです。そして、仕事中にご迷惑だなという焦りで、早口になるんです。

とにもかくにも、突然お邪魔したのにもかかわらず、対応してくださった皆様、本当にありがとうございました。感謝でいっぱいです。

第10回　もしも私が泳げていたら

小さな秘書

文庫『夜明けのすべて』のＰＯＰをもって伺う書店巡りも、数回目になりました。このころから、一緒に行く時には、娘は書店さんに、

「私は秘書です。あ、こちらが水鈴社の営業で社員の瀬尾さんです」

と私を紹介するようになりました。私、有能なんか、下っ端なんかようわからん立場やな。

娘、写真が好きで、書店員さんとの写真に入りたがるんですよね。（被害に遭《あ》われた書店員さん、すみません。）

「え、なんであんたまで写るん？」

と言うことなく、皆さん、

「いいよ、一緒に撮ろう！」

と温かく迎えてくださったので、娘もますます秘書気分ではりきってました。

それだけでなく、娘にプレゼントを用意してくださったり、すぐに名前を覚えて親しげに相手をしてくださった書店員さん、お心遣い感謝です。

なぜ娘が秘書となったかなのですが、水鈴社のダジャレ社長がうちの娘を、「秘書、秘書」と呼んでくださるんです。まじめな（幼いだけの）娘は、それを信じ、自分を秘書だと思い込んでいる次第です。


さて。大阪の中心地・梅田では、ダジャレ社長と一緒に書店巡りをしました。

梅田に古書のまちという場所があるんですが、その短い通りを歩いている間だけで「こしょこしょ。内緒話ですね」「はっくしょん。こしょうがふってきました」とおっしゃっていました。もちろん、適切な距離を取り他人のふりをしましたが、静まり返った古書のまちは地獄絵図のようでした。でも、こういったダジャレを聞かないといけないというデメリットを差し引いても、社長がいると、

「あの、すみません、瀬尾というもので」

「どちらの？」

「その、本とか書いてて」

という気まずいやり取りをしなくていいのがいいですよね。

梅田は以前に何度か伺った書店さんが多く、何百冊もサイン本を作らせてくださる

書店さんや（心配で、売れるんですか？　とお聞きしたら、売れるんじゃないんです。売るんですと言ってくださいました。かっこいいー）、館内放送を録音させてくださる書店さんなど、どこでも温かく迎えてくださり、楽しい時間を過ごせました。

そのセリフ、私にも言って

途中、ダジャレ社長が、娘が大好きなちいかわのグッズを買ってあげようと、ちいかわショップに連れて行ってもくれました。

ここで、ドラマ、いや、アメリカの映画でしか聞いたことがないセリフが！（おそましいダジャレは出てこないので、安心して読み進めてください。）

「好きなものを好きなだけ買っていいよ」

と社長。えええ⁉　そんなセリフ、現実世界の人間が言う？

娘は、

「好きなだけって何個ですか？」

と聞いてました。

普通そうなるよな。それでも、社長は、

「好きなだけって好きなだけだよ。何個でもいいんだよ」

と笑っていました。

夢のようなそのセリフ、デパート、いや、近所の激安スーパーでいいから私にも言ってほしいわ。1か月分の食糧買い込むのに。

「いっそのこと端から端まで全部かごに入れてやれ」

と念じている私の横で、遠慮がちにそれでもちゃっかりと娘はたくさんのちいかわグッズを買っていただきました。

郊外の書店巡りは時間との戦い

そして、別日、今回は秘書（娘）とでなく、運転手（夫）と二人で大阪郊外のお店に伺うことに。

最初に、本屋大賞の企画で一緒にお弁当を食べた書店員さんがいる樟葉《くずは》の書店さんに。懐かしい方々に会えてうれしかったです。

お子さんが大きくなって一人暮らしをはじめた話や、最近のお店の状況や、お弁当の時の思い出話に花が咲き、親しい人に再会できたような喜びがありました。あと、本当にここのお店のPOPは芸術作品なので、一度皆さんにも見てもらいたい！

その後、枚方《ひらかた》、高槻《たかつき》、大日《だいにち》、四条畷《しじょうなわて》と向かったのですが、これ、関西の方にはわかると思うんですけど、近くに見えて遠いんですよ。

そう。その真ん中に大きな川があるんです。

しかも、いつも勝手きままに書店さんに行っていたのに、なぜかこの日に限って、私が行くことを各書店さんに出版社さんがお伝えくださってて（それが普通なんですね。いつも急にすみません）、もう途中から時間に遅れ慌《あわ》てふためくことに。

車では遠回りだ。これは川を泳いで渡るしかない。と思いましたが、私、大人になってから2年間、水泳教室に通ったんですけど、未だ25メートル泳げないことを思い出し断念しました。（息継ぎのやり方、2年習ったけどマスターできなかったわ。あれ、どうやってやるんやろう。）まず寒かったし、川入ったら凍ってました。

結局「すみません、遅れます」と電話を入れながら、書店さんに向かいました。

ご迷惑をおかけした皆様、本当にすみませんでした。それでも笑顔で迎えてくださってうれしかったです。

最後のお店についたときには、9時近くになってしまいました。そこの書店さんに行くのは、この日が2回目だったのですが、これはさすがに遅れすぎでした。

そのせいなのでしょうか。

その某書店の店長さんが、

「瀬尾さんもよく来てくださいますけど、ある作家の方は、今年だけでもう3回もこの店に来てくださってるんですよね」

と意味不明のあおりを。

え？　それ、なに？　お前負けてるで。ということでしょうか。この書店訪れたら、なんかのポイント貯まるんでしょうか？

大人の私はそんなあおりに乗ることなく、約2週間後にその書店さんを訪れました。(早速!!) これで1位タイです。あと1回訪れたら、今年度のチャンピオンになれますよね。

K店長。近々訪問しますんで、よろしくお願いします。副賞何だろう。とりあえず、大きいエコバッグ持っていきますね。

第11回　誰でもかわいくなれる街

市町村別ご感想1位に輝いたのは

本が出る前にプルーフという作品の見本が作られることがあり、それが書店さんに配布され、読んでくださった書店員さんが本の注文書に感想を書いてくださいます。（あれ、どえらいシステムですよね。ただ注文したいだけなのに、どうして感想書く欄が。私やったらじゃあ注文せんとこうってなってしまいそうです。）

でも、そのご感想、読むのは大好きで、出版社の方が送ってくださる時は（いつも全部送ってほしいなーとここで出版社の方々にアピール）、何度も読んでるんです。そして、なぜか名古屋の書店さん、たくさんご感想くださるんです。たぶん、市町村別ご感想1位です。

この人、感想読みまくっているうえに、もらった感想、まさか都道府県別にまとめてるん？　と震えられたことでしょう。ええ。まとめてますよ。それで、何回も取り出して感想を読むんです。それが何か？

といっても、都道府県別にまとめているのは、この県の書店さん感想少ないな、もう少しプッシュやとか思っているわけじゃなく、出かけた時に、お近くにご挨拶できる書店さんはないかと見ているだけなんです。って、いつ勝手に来られるかわからないって、そっちのほうが怖いですね。

そんなこんなで、名古屋に行けばご感想をくださる書店員さんに会えると、常々思っていました。

そして、名古屋はカルカン先輩の担当地区でもあるんですよね。

ちょうど1年くらい前、カルカン先輩から、「名古屋担当になりましたー」とメールをいただいており、名古屋の書店さんならカルカン先輩と回れるとはりきっていたのです。

その旨《むね》、カルカン先輩にメールでお伝えしたところ、名古屋を1年で離れ、九州の担当になったというではありませんか。

カルカン先輩いわく、名古屋の名物ウイロウを食べつくしたので、九州担当にならされたそうです。そして、現在は九州で名菓カルカンを食べまくっているという話。あ、ここで、カルカン先輩というあだ名の由来が！　張り巡らされた伏線が今、回収されました。（伏線の意味、私、わかってへんな。）

営業って名物を食べるのが仕事だったとは、今まで知りませんでした。九州の書店のみなさん、休憩室にお菓子などありましたら、カルカン先輩に食べられないよう鍵の付いた引き出しにしまっておいてください。

かわいくなれる名古屋マジック

そんなこんなで、名古屋には秘書（娘）と運転手（夫）を連れ、行くことになりました。（ただの家族旅行やないか。）

名古屋の書店さん、熱いですよね。突然訪れたのに、「本読んでますよ！」などと応援してくださる方が多く、うれしかったです。

テンポがいい朗《ほが》らかな店員さんや穏やかな店員さん。新しさと懐かしさが入り混じる空気が心地よかったです。

ある書店さんでは、私と同じ年齢の方がおきれいだったんで、驚いていたところ、化粧下地が資生堂だと教えていただきました。私も変えてみましたけど、一向にきれいになっていません。どうしたらいいでしょうか？

ある書店さんでは、棚に置かれていた他の本をどかっとのけ、私の本を真ん中に置いてくださいました。すごいサービス。あたかも私の本、売れているかのようじゃないですか！

娘が、

「この本書いた人、怒らないの？」

と聞いたら、

「怒らないよ。優しい人だから。会ったことないけど」

とおっしゃってました。

うん。会ったことない人ってみんな優しいですよね。

あと、色紙を書かせていただけることも多かったのですが、そこにサインだけでなく、なぜか娘に絵を描かせてくださる書店さんもあったんです。すごい大サービス。いっぱいマジック使わせてもらって、娘は大喜びでした。

そして、名古屋にはかわいい反応をしてくださる店員さんも。

「本物!!」

と私ごときを見て言ってくださる方とか、

「写真一緒に撮ってください」

と言ってくださる方もいました。

私のような小汚《こぎたな》い田舎者にすみません。いや、自分で気づいてなかっただけで、名古屋に行ったとき、奇跡的に気候とか湿度の関係でかわいくなってたんかな。

ただ、名古屋は広くて途中迷いまくりました。

迷子になった私は、タクシーを拾い、書店名を告げると、

「わからん。でも、聞いたことありそうな気がするから、勘《かん》で行くしかない」

と運転手さん。

え？　最近乗ってなかったけど、令和のタクシーってそんな仕組み？　私の目の前に見えてるん、ナビじゃないの？

でも、太っ腹なのが、

「俺が迷ってるだけやから、書店見つかるまでメーター切っとくわ」

と言ってくださるではないですか。

書店さんは無事見つかり（やっぱりナビより勘のほうが早いですね）、その後、次の書店さんまで送ってくださいました。

名古屋は12店にお邪魔させていただけたのですが、それでもまだまだ行きたい書店さんたくさんあったんです。だけど、電車、タクシーを駆使《くし》しても2日で回り切れず、断念。

最後に書店員さんにお勧めいただいたぴよりん（ケーキのほうは奈良まで崩さずに持って帰る自信がなかったので）のキーホルダーを購入し、帰途につきました。

名古屋再訪したいです。少しでもかわいく見えるため、気候と湿度の関係を綿密に計算して、絶好の日に伺えたらと思っております。

第12回　極悪人はどこに？

なぜ、なぜ、なーぜの向こう側

ここ数年、執筆をする前、編集者の方とお話をすることがあります。

「好きに書いてください」と言ってくださる方がほとんどですが（それが一番好き！みなさんそうお申し付けくださいい）、テーマみたいなものをさりげなくいただくこともあります。

ところが、テーマどおりに書けたこと一度もないんですよね。（え……。才能なさすぎ？）

「瀬尾さんの小説、いつも若い人が出てくるので、たまにはおじさんが主役の話、書きませんか？」

その結果できたのが、『その扉をたたく音』。

主人公は20代だけど、そのうちおじさんになる男子だから、まあクリアと言っていいでしょう。

「温かいママ友の交流の話って、どうでしょう。ママ友って一番助け合える友達だと思うんで」

その結果、書き上げたのが「夏の体温」。

ママ友は出てこないけど、友達の話だから、これもクリアと言えるでしょう。って、私のハードル低すぎや。

この、「夏の体温」は、私の娘の実体験から生まれた小説です。娘は、低身長&鼠《そ》経《けい》ヘルニアで4回入院してるんです。

小児病棟って、しんどい空間。我が子に限らず、子どもが苦しむ姿って本当につらいです。

ただ、入院中でも子どもって、何か楽しみを見つけようとするんですよね。娘も、娘よりもしんどそうな子も、制限だらけの中で、一生懸命楽しもうとしていて。その姿に胸をうたれ、この物語につながりました。

今も娘は低身長の治療中で、家で注射を打つんですが、痛みに我慢できない時があると、

「注射打たないといけないの、なぜ、なぜ、なーぜなの？」

とか、

「私が小さいの、なぜ、なぜ、なーぜなの?」と言って、泣くんです。「痛いー!」と泣けばいいのに、「なぜ、なぜ、なーぜなの?」って変なリズムで、どこかおもしろくしたいのかもしれません。注射する側の私はびびってるし、誰も笑ってないですけど。

娘には、「小さいといつまでも抱っこできるやん。そうしたいから神様に頼んでん。もう少しの間小さくしといてって」と言ってあります。「なるほど。それ、いいアイデアやな」と納得する娘は今年(2024年)の4月で小学5年生。背よりも中身成長してくれな、ちょっと心配や。

善人のハードル

そして、『夏の体温』の本に含まれる2つ目の話が、「魅惑《みわく》の極悪人《ごくあくにん》ファイル」です。

私、インタビューで90%の確率で、「瀬尾さんの物語、いい人しか出てこないのですが、どうしてですか?」って聞かれるんです。

特に意識してるわけじゃなく、世の中意地悪な人もいるだろうけど、その人も朝から晩まで意地悪してはるわけないやろうし、怒りっぽい人や威張《いば》ってる人は苦手ですけど、それでも、騒ぐほどの悪人でもないですよね。

と、そんな感じのお答えをしても「えーそうですかー。それでも、物語の中、善人だらけですね」ってなるんです。

というか、インタビュアーの方の周り、どんなひどい人だらけなんや。善人のハードル低くない？　よく考えたら、気の毒になってきたわ。

そこで、もうそんな質問にさよならしなくては。私もついに悪い人間を書いてみせると意気込んで書いたのが、「魅惑の極悪人ファイル」です。

「瀬尾さんの作品善人だらけ」と言われると、「お前、世間知らずの偽善者《ぎぜんしゃ》やな」と言われている気になるんです。

何もいいことしてないから、私、善人どころか偽善者ですらないのに、勘違いもほどほどにしてほしいわ。

だから、やる気満々で悪者を書きました。

友達の彼女にこっそり近づくうえに、人のものを借りてはくすねる倉橋君という腹黒男を。

身近にある悪を詰め込んで、努力したのですが、倉橋君、人間を好きなところがあって、悪人になり切れなかったみたいで、残念でした。

カ行とマ行の位置関係

そして、この本の最後に掲載《けいさい》されている「花曇りの向こう」は教科書用に書き下ろしたものです。

短い作品ですが、教科書に載るということでチェックがとても厳しかったです。

教科書は読みたい人だけが読むものじゃなく、たくさんの方の目に触れるので、慎《しん》重《ちょう》に作られるそうです。

些細《ささい》な言葉でも使用禁止のものが多く、誰の気分も害さないようにと考えると、表現の難しさを知りました。

掲載後、教科書会社さんを通じて、この作品で授業をされた先生から質問をいただいたことがあったのですが、それが、

「入学後すぐは出席番号順に座ると思うのですが、中学1年生の4月、川口君と宮下君の席が隣なのはなぜですか」

という内容。

確かに。出席番号順で、カ行とマ行の名前が隣になることはないかも。知らない間にミステリー書いてたとは。謎解きをすべく考えてみました。

カ行とマ行の名前の生徒がほぼおらず、ヤ行の名前の生徒で成り立つクラスだった。山下、山本、湯川、吉沢、吉田……めっちゃいる！　だけど、ちょっと無理あるか。教室の形が縦長で縦三列で机を並べているクラスだ。……教室の大きさって決まってるわな。

考えに考えぬいて、ひらめきました！　席って一度決めた後、背の高さとか、黒板の見やすさで、調整しますよね。それです。

なんか、背が高い子がいたり、視力悪い子がいたりで席を替わっているうちにこんな席になったんですと答えを導き出してお伝えし、事なきをえました。中学校で働いててよかったわ。

この本が出版された後、結局、

「やっぱり瀬尾さんが書くと、どんな人も善人になるんですね」

とインタビューで言われました。倉橋君が悪人になりきらなかったせいで、踏んだり蹴《け》ったりです。

これはいつか、ガハガハ笑いながら営業中にクレープ店に寄り道し、そのくせ純真な田舎者の作家に横浜の空気を吸わせない、身の毛もよだつ残虐《ざんぎゃく》な人間を書くしかないです。

でも、カルカン先輩、根っから愉快な人で、こっちの緊張や不安を一瞬で取っ払う能力を持ち、一緒にいるだけで楽しくなってしまう人なんです。やっぱり、彼にも無理か……。

悪人に会わずに済んでいるのは幸運だと思い、執筆に向かうしかなさそうです。

第13回　私が掬えるもの

パニック発作とママの口癖

『掬《すく》えば手には』という作品でもプルーフを作っていただき、私史上最大数の書店員さんからのご感想をいただきました。

「この人、いつもかわいい絵添えてくれてる」とか、

「こんな細かい字で書いてくれてる。ありがたい」とか、

「それ、気づいてくれたんですね!!」とか。

『掬えば手には』に寄せていただいたご感想も、うれしいものがたくさんありました。

『掬えば手には』を刊行した年、大腸のポリープ手術をしたせいなのか、夏があまりに暑かったせいなのか、パニック障害の私は、発作が大発生してしまいました。

最初は5月末の美容院。その時は体調も機嫌もよく、だからこそ陽気に出かけたのですが、髪の毛を染めている最中に、発作を起こし、髪を染めたままタオルを頭に巻

いてもらって帰宅するという惨事《さんじ》。（その時のカラー、「めっちゃいい具合に染まってるやん」と、母に褒《ほ》められました。浴室前で倒れてはシャンプーを繰り返したおかげで、グラデーションカラーになっていたようです。）

それから、3日に一度は発作を起こし、心療内科でも倒れ、これはなんだという事態に陥《おちい》りました。

そこから秋の終わりまで、ほぼ外出もせずいつ倒れてもいいようにとリビングに布団を敷いて過ごしました。

そんな私に、娘は学校に行くときには「今日もがんばってくるね！」、帰ってからは「がんばってきたよー」とうるさくアピールするように。

ついには、「私、もっともっとがんばるからね」と書いた手紙を渡され、いつも頭の中お花畑の娘がどうしたんだと心配になり、

「もう十分やで。ママはがんばってないだらだらしてるH（娘の名前）も大好きやのに」

と言ったところ、

「だって、ママ、私ががんばったら元気になるんでしょう」

と娘は涙をこぼしはじめました。

私、「Hががんばってたら、ママは元気になるわ」と口癖《くちぐせ》のように言っていたよう

で、それを覚えていた娘は、自分ががんばれば私の体調がよくなると思ったようです。最初にパニック発作で倒れた時、幼稚園児だった娘は両頬《りょうほお》に人差し指を当て、「ほら、ママ！　見て！　私を見て！　笑ってるよ！」と泣き叫びながら笑顔を作っていました。

それは、私が「Hの笑顔見てるとママは元気になる」と言っていたからです。子どもがいると、元気でないといけないんだなとつくづく思い知らされます。

ただ、今後は、「笑っていたら」とか「がんばってたら」とか抽象的《ちゅうしょうてき》なものではなく、「Hが、さっさと宿題をやり、何も言わずとも片づけをすませたら、私は元気になります」と具体的に言うとこう。

感想くれないとXXXするぞ～

『掬えば手には』を担当してくださった編集者の方は、体調にご配慮《はいりょ》をしてくださり、取材はオンラインで1つだけになりました。その分、書店さんへの宣伝に力を入れてくださったおかげで、たくさんの数のご感想をいただけたのだと思います。

床で寝転がりながら、ご感想を何度も何度も読みました。

会ったことがある方はお顔を思い浮かべながら。いつも送ってくださる方のご感想は、今回はどうお読みになったのかなと考えながら。

『掬えば手には』のタイトルにかけるわけではないのですが、自分の手で掬いだした言葉には力があって、そんな日々を重ねながら少しずつ動けるようになっていきました。

書店員さんや読者の方が、送ってくださる言葉に助けられました。（ただ注文書に感想書く欄あったから書いただけやねんって方、すみません。勝手に重荷をかけて。）心から感謝です。ところで終わっておけばいいのですが、図々しい私なので、続きがあります。


ところがなのです。

次に出版した『私たちの世代は』での書店員さんからのご感想が半分くらいに減り、ひそかに大慌《おおあわ》てしました。

うわ、突然、書店員さんに嫌われてる！　最近おとなしくしてたから迷惑かけてないはずやのに。（いや、単に作品の出来の問題やから。）

気の弱い私は出版社の方に、

「なんか、今回の作品、書店さんのご感想が少ないような……その……あ、いい天気ですね」

などと遠回しなメールを送ったのですが、

「いえ。いつも通りですよ。少ないなんてことありません」

という爽《さわ》やかな答えしか返ってきませんでした。

そして、さらに恐ろしい話なのですが、いつも必ずご感想をくださる書店さんを訪れた際、

「あの……、この本の感想なんでくれなかったんですか？」

と聞いてしまいました。

今、「この人、やばいやん。うちの書店には来んといてな」と皆さん、震えてますよね。安心してください。たまにしか、こんなことお聞きしないんで。（あ、たまにはやるのね。）

そこの書店員さんはただプルーフが届かなかったということで、とんだ気を遣わせてしまいました。（しかも、本買って読んでくださっていました！　もう本当にありがとうございます。）

ご感想をいただけるのが当たり前と思ったら大間違いですね。

書店員さんが手にする本は何冊もあるんですよね。本を読むのって、時間も労力も使います。それを大切な時間を削ってしていただくなんて、ありがたすぎることです。

まずは、感想をいただけるレベルに達する作品を書かなくちゃ始まりません。

またご感想もらえるようにがんばります！　え？　勝手に一人でがんばっとけって？　はい。そうします。

ただ、ご感想をいただけなかった場合、そっと後ろを振り返ってください。私が店の中をうろついているかもしれませんよ……。

第14回　お仕事あれこれ

好きな仕事と苦手な仕事

何も考えずひたすら物語を書いているときが一番好きな時間です。どうなるんだろうとわくわくし、「おお、この子、そうなるんだ」「ああよかった！　幸せになれそう」と、書き進めていくのはひたすらわくわくします。

一方、苦手な仕事は、出来上がった原稿のチェック。出版社の方が、細かくあれこれ校正を入れてくださるのですが、いつも途中でわけがわからなくなります。

この文字、3ページでは平仮名でしたが15ページでは漢字です。どちらですか？　などの表記の揺れの指摘が一番多く、これが厄介《やっかい》で。平仮名のほうがしっくりくるか、いや、漢字じゃないと読みにくいか。と最初は真剣に考えてるのですが、そのうち頭が痛くなってきます。

でも、校正のおかげで、これ、関西弁だったんだと知った言葉がたくさんあります。「食器をなおす」「髪の毛をくくる」とか、方言なんですね。勉強になります。

執筆と関係ない仕事で苦手なのは、インタビューや取材です。

毎回うまく答えられなくて、記者の方にご迷惑ばかりかけてしまいます。難しいことを聞かれると、

「さあ、えっと、どうでしたっけ……」

ってなるんですよね。勢いで物語が進んでいく感じで書いていて、事細かに考えていないのが正直なところで。（よくいう登場人物が勝手に動きだすってやつです。ってうそです。そこまで芸術的な感じではなく、どうなるんやろうこの話。こうなったらなーって書いてるだけなんです。）

まず、一番に聞かれる定番の質問。

「この作品を書いたきっかけは何か」

これが難問なんです。

きっかけ？？？　書店さんで取ろうとした本に私と彼の手が重なり合って一瞬で恋に落ち、気づいたら書き始めてました。みたいなこと起きるわけもなく、パソコンの前に座って、あ、そろそろ締め切りだな。よし、やるぞ！　と書いてるだけなので、きっかけというのは、正直ないんですよね。

そんなこんなで、いつも「ほんまにこいつ自分で書いてるんか？」と思われやしな

いかとひやひやしながら、答えています。

そして、さらに嫌なのが写真撮影。できれば顔とか隠しておきたいのに、だいたい取材後、写真撮影があるんです。だから、撮ってくださった後、冗談で「有村架純に顔かえといてください」っていうんですけど、ある時、

「え？　有村架純さん、ですか？」

とインタビュアーさんから聞き返されたことがありました。

「どういうことですか？　似ていらっしゃるということですか？」

と詰められ、

「いえ」

と戸惑《とまど》う私。

「どちらかというと顔の系統違いますよね」

と真顔で驚かれたことがありました。

わかってます。全然似てないです。ただの憧れです。あの顔だったらなと思っただけで、二度と言いません。いや、今でも毎回言うてるんですけどね。ほんで、今の加工技術やったら、私の顔もう少しなんとかできるんじゃないでしょうか。そろそろ本気を出して、現在のあらゆる技術を駆使《くし》してから、表に出してください。

おもしろかった依頼は、雑煮の1位を決める大会です。餅って審査するほどの量、食べられる？　それに、どうして私に餅のイメージが？　地域の公民館の素朴な大会なんかなと要項を拝読すると、私以外の審査員の方は私でも知っている料理人の方。

いや、おかしいでしょう。

プロの料理人の横で、料理上手でもない上に、有村架純に似ても似つかないとぼけたおばさんが座って餅食べて感想言っていたら、「あの人だれ」って騒動なるわ。通りすがりの人が壇上で食べだしたってつまみだされるわ。

ありがたいお仕事でしたが、お断りしました。

基本、私は審査できる器ではないですし、それは餅に対しても同じ思いです。

人生の先輩、書店員さんとのお弁当タイム

イレギュラーなお仕事の中で、楽しかったのは、書店員さんとお弁当を食べたことです。

本屋大賞受賞後、書店員さんと交流するイベントがあり、関西の書店員さんと奈良の古民家で、それぞれお弁当を持ち寄って食べるという企画がありました。

さほど読書家ではない私は、本の話をされたらどうしようとドキドキしていましたが、書店員さんと話したのは子育てのことが多かったような気がします。みなさんがおっしゃるのは、どんな時でも、子どもの味方でいてあげたらいいんだよねってこと。それ、私が担任していた生徒のお母さんたちが、母親になった私によく言ってくださる言葉と同じなんです。書店員さんにも言われ、再認識しました。本当そうなんですよね。

どんな自分でいる時も、絶対的に受け止めてくれる人がいるって、子どもにとって大きな自信になるんですよね。

今朝も、片付けしない娘にだらしな王国（だらしない王様が統治する不潔な国が遠い宇宙にあると娘に言っているんです。本気で信じる娘、現在小学5年生。片付けができないことより、そっちのほうが心配やわ）に連れて行くからなと怒鳴り散らしたけど、えっと、私はいつだって娘の味方です……。

もちろん、最近の面白い本のこともお聞きし（書店員さんって、本のあらすじ伝えるのお上手ですよね。うまく結末濁《にご》すあたり、さすが。うわ、買いたい！　ってさっそくなりました）、皆さんの旦那さんやご家族の写真を拝見し（皆さん幸せそう〜。うちの旦那は顔濃すぎて見せられへんかったわ）、解散となりました。

書店員さん、私の何倍も本を読んでおられるし、それだけでなく、人生の先輩である方も多いんですよね。だから、教えていただくことたくさんです。

ただ、書店員さんはみなさん器用だから、持ち寄ったお弁当がかわいくて素敵で、私の不器用さが際立《きわだ》つことに。私、オムライス作っていったんですが、褒めるところがないセンスのないお弁当に、「ケチャップがおいしいです」と慰《なぐさ》めていただきました。お気遣いすみません。ケチャップ、アレンジなしでそのまま使ったので、デルモンテさんの仕事です。

また、書店員さんとおしゃべりできるようなお仕事があるといいいな。私のみ手作りの持ち寄りなしでやりたいです。

第15回　一人で＆家族総出で

自分に勝つのは難しい

どの時間帯に執筆しているのかと聞かれることがあります。

それは、ずばり人がいない時です。

子どもの頃から人がいると集中できなくて、執筆は娘が学校に、夫が仕事に行っている間にやります。

執筆場所はダイニング。私、部屋がなく、専用の机もなく、台所の真ん前で書いてるんです。みんなが朝食を食べ終えた机で。あ、目から何かが出そう……。

でも、だいたい家にいることができ、「いってらっしゃい」と「おかえり」が子どもに言える仕事ってありがたいです。

執筆という仕事を与えていただいていることは幸運ですし、読んでくださる皆様がいるからこそ続けていられると感謝です。

その反面、家での仕事の難点は二つ。

一つ目は自分に負けてしまうところ。お菓子食べたい。昼寝したい。家にいながらこの二大欲望をコントロールするのは至難《しなん》の業《わざ》です。

50歳にもなると、更年期《こうねんき》のせいなのか、風邪気味なのか、単に何もしたくないのか、よくわからないだるい症状ってありますよね。（あれ？　私だけ？）

結局、「この眠さ、少し休んだほうがいいかもしれない」と考え、30分だけとベッドに入ったら、1時間以上たっていることもしばしば。

それで、やる気を出すために、「甘いものでも食べよう」と思ったら最後。口が甘くなったわ。ピリっとするために辛い物食べるしかないな。次は頭リラックスさせるために糖分とらな。と繰り返し食べてるうちにお腹が膨《ふく》れて、また眠気が襲ってくるんです。

自分に勝つのは難しい。って甘すぎでした。

5分ほど外に出て新鮮な空気を吸ったらやる気が出るので、ここぞという時はそうしてます。（そんな簡単にやる気が出るなら、いつもやればいいのか……。）

もう一つ家での仕事の難点は、仕事しているように見えないところ。

夫は普通の顔で、買い物メモに、「シャンプー」とか自分のいるものを書くんです。

は？　誰がいつ買いに行くってことなんやろう？　私が暇だとでもお思いなのかしら？　と言いたいです。（すごい勢いで毎回、言うてますけど。）

そして、夫は普通の顔で会社から帰宅し、私が仕事の合間に汗水たらして手に入れたシャンプーで当然のごとく頭を洗い、のんきな顔で私の作った夕飯を食べます。（スーパーのお惣菜でもカップ麺でも喜ぶ夫。幸せな人でよかった。）まあ、とにかく主婦ってたいへんですよね。

サイン本作成は家族の大仕事

執筆とは違い、家族総出で仕事をするときもあります。

サイン本作成です。

ありがたいことに最近、たくさんサイン本をご依頼していただけるようになり（売れ残っているサイン本がおありのお近くの書店さん、言うてください！　店前で呼び込みして手売りします。余計売れへんかな？）、1000冊のサイン本作成とかあるのですが、これ、家族でやります。

私がサインを書き、夫が落款《らっかん》を押し、娘が字やインクが移らないように紙をはさむという連係プレーです。

夫は根が真面目なので、全力でハンコ押すんです。ずれてはいけない。かすれてはいけないと力いっぱいに。そのせいで、50冊くらいハンコ押して、「手が痛い」と騒ぎ、「一休みするわ」と眠りだす始末。連係プレー崩れまくり。

本当とぼけまくった人なんですが、見た目とのギャップがすごいんです。

以前、書店さんに夫とお邪魔した時、私の家族のことをつづったエッセイ『ファミリーデイズ』を読んでくださっている書店員さんがいて、

「あ、もしかしたら、あの旦那さんですか？」

と夫を見つけ、聞いてくださいました。

「そうです」

と答えると、

「あれ、なんか印象違いますね」

と書店員さん。

「そうなんです。でも、本のとおりで、本当に寝てばかりなんです」

と私。

『ファミリーデイズ』には、おおらかでぼんやりしたよく寝る夫が書かれていて、実際に夫は寝てばかりでぼけぼけしているのですが、このような齟齬《そご》が生まれるのは夫

の顔が原因なんです。

夫、顔が尋常《じんじょう》でなく濃いんです。やる気に満ち溢《あふ》れたでかい目をして、顔だけは朝から寝る直前まではりきっているんです。

胃に来るタイプの濃い顔をしておきつつ、中身はおかゆのようにふんわりしているというややこしい人物なのです。


そんな夫の意外な一面を今回発見しました。このエッセイの前の部分、最初は「朝からかつ丼食べるみたいに胃に来るタイプの濃い顔」と描写していたところ、後で読んだ夫が「なんでかつ丼⁉　そんなん、かつ丼に悪いやん」と断固否定していました。

「じゃあ天丼にしとくわ」

とかつ丼がそんなにも繊細《せんさい》なものだと知らなかった私は代案を出しましたが、

「天丼もおいしいから、それもないわ」

と夫は揚げ物たちを必死に守っていました。

普段はいつでもどこでも「へいへい」と気安く来てくれ、なんでもOKの夫の知られざる一面を見てしまいました。人の顔を揚げ物、しかも丼になったものに例《たと》えるなんて、油にもお米にも失礼だったのかもしれません。

さて。今後もご迷惑を承知で、お店に濃い顔の夫と伺うことがあると思います。その節は皆さん、夫の顔に目や胃をやられないようにご注意のうえ、よろしくお願いいたします。

第16回　すべての世代は

聞くべきは金髪の先輩の話

インターネットが普及した昨今（っていつの時代の書き出し?・）、読者の方のご感想を見られる場がいくつもあり楽しいです。あちこちのレビューが載っているサイトを盗み見ては、歓喜したりうなだれたりを繰り返しております。

「駄作《ださく》中の駄作！　しょうもない！」とお怒りの方も多いのですが、お金とお時間をいただいてるから、もうすみませんとしか言いようがないです。そんなこんなでどんなご意見も一理あるよなと思うのですが、ただ1点だけ、納得がいかないことが……。

それは、10年くらい前に書いた中学生が駅伝大会に出る物語、『あと少し、もう少し』に寄せられる、

「こんなできた中学生いるわけがない」

「本当の中学生はもっと子どもだし、全然違う」

というご意見です。

これにだけは反論させてください。だって、この小説、8割実話なんです。実話どころか、実際はもっとドラマチックで、そのまま書くとザ・青春ドラマになってしまうと控えめにしたくらいです。

中学教員時代、私、走れもしないのに陸上部の顧問になり、そのまま駅伝の担当をしていた時期がありました。何年間か陸上部をもっていたので、その間に起きたいろんな出来事を1年の話にまとめてはいますが、読んだ同僚の先生が「これ、エッセイ?」と勘違いしたくらいの実話ぶりです。

小説の中で、大田君というヤンキーが駅伝に出ることになり、坊主にして走る場面があるのですが、出来すぎっぽいこの部分も実話です。

しかも、現実の学校では大田君が駅伝メンバーからはみ出しそうになった時期があり、クラスのみんなが心配して「なんかしな!」とこっそり練習した歌を歌って盛り上げたり、寄せ書きをプレゼントしたり、中学生たち、動きまくっておりました。

ちなみに大田君は卒業後、私が担任した次のクラスで体育祭の練習に参加しないと言い出す生徒を説得してくれ、ついでに全校生徒を前に「社会に出たらもっと大変や。中学時代は恵まれてるねんで。やらんでどうする」みたいな講演をしてくれました。いやあ、金髪の先輩の話って、中学生よく聞きますよね。私もいざって時は金髪にしないとな。

映画好きが見る映画と正面から向き合う

中学生と聞くと、どこかスイッチが入ってしまう私に、先日、ダジャレ社長が「ワイルドツアー」という「夜明けのすべて」の三宅唱《みやけしょう》監督が中高生と作られた映画を送ってくださいました。

「夜明けのすべて」をすてきに創ってくださった監督の映画にケチをつけるようで申し訳ないのですが、映画を見だした最初はなかなかエンジンがかからなかったんです。始まって3分くらい話が難しくて。「これは映画好きが見るやつやー。ドキュメンタリーのような映画のような、空気が大事な作品だ」と逃げ出しそうになりました。

私、本当に難しい話、苦手なんです。そもそも「夜明けのすべて」以外に、直近で見た映画は「ドラえもん　のび太と空の理想郷《ユートピア》」です。でも、これ、めっちゃいい話で、「ドラえもん界のアルマゲドンやで」（本当にそんなスケールの話なんです）と友達にも言いふらしてたくらい。

つまり、子どもと一緒に見られるくらいのわかりやすい話じゃないと、知性やセンスのない私にはハードルが高くて。そこで、またいつか見ようと後回しにしていたら、ダジャレ社長がご覧になったらしく、

「ぼく、感想を監督に送りました」

とLINEが。

っていうか、あの人、なんでいちいち私に自慢するんやろう？　これが噂《うわさ》のマウント？

私がだらけた人間だとばれるのは嫌なので、

「瀬尾さんの感想、ぼくと同じでしたと言っておいてください」

と社長に返信したところ、

「汚い心を持った人間ね」

と恐ろしい言葉が返ってくるではないですか。こんな台詞《セリフ》生まれて初めて言われたわ。（スタンプででしたけどね。そもそも社長どんなスタンプ買ってはるねん。ほんでそれいつ使うねん。）

それで、負けてはいられないと映画を見始めました。すると、びっくり。5分経ったらおもしろくなりました。

中学生の男の子が年上の女の人を好きになるんですけど、ああ、なんでそんなふうに自分を信じていけると思えちゃうんだとかわいくて。特別なことをしている自分に対するうきうき感が思わず出ちゃうのも、女子が「だりー」って空気出しながらはりきっちゃうのもかわいいんですよね。自分の見え方をすごく気にするくせに、まっすぐな気持ちを完全には蓋《ふた》ができず、本当の意味で自分と他人に関心がある時期ですよね。

私はこの映画のエンドロールが特に好きです。中学生の素の部分が出てきて、勝手に笑みがこぼれました。中高生のことが好きな人が作った作品だというのを一番に感じました。

胸震えた、教え子の言葉

生徒のことで驚いたことを一つ。

『私たちの世代は』というコロナ禍《か》を乗り越えた少女たちが主役の作品を２０２３年に刊行したのですが、先日、感想を教え子が電話してきてくれました。

「これ、タイトル、違いますよね。言うなら、みんなの世代ですよね」と。

「私たちは、ゆとり世代って言われますけど、それはそういう教育を受けていた期間に学校にいたからで。その教育を受けたのは私たちの前後十何年間かの子どもたちですよね。でも、コロナ禍は大人も子どもも全員が同じ時を過ごした、初めて分類しないみんなの世代だって思うんです」

その言葉に、本当だ。本当にそうだ。と胸が震えました。

中学生に若い世代。いや、きっとすべての世代の今を生きる人たちは、小説よりずっと揺れ動く感情の中できらめいています。現実が小説より素晴らしいのは紛れもない事実で、だからこそ、そんな現実を物語に少しでも映し出せたらなと思います。

第17回　こんな時間が続けばいいのに

「瀬尾まいこ応援書店」で一日店長

２０２４年1月下旬、Ｍ書店さんで一日店長を務めさせていただきました。

そこの書店さん、昨年から「瀬尾まいこ応援書店」になってくださっていて、入口とさらに奥に二つもの棚を使い、私の本を置いてくださっているんです。

先日夫に偵察《ていさつ》に行かせたところ、まだ瀬尾まいこコーナーがあったというではありませんか。ありがたい。でも、大丈夫だろうか。私の本など奥に引っ込めて、今なら本屋大賞関連本を大きく展開されたほうがいいのではと余計な心配をしてしまいます。

そして、応援書店になってくださった際に、一日店長券をいただきました。しかも、娘に副店長券まで。これはめったに手に入らない代物。メルカリで売ろうかと思いましたが、なんとか踏みとどまりました。

ただ、こういうイベントって行くほうはうきうきですが、迎えるほうは大変ですよね。準備に後始末はもちろん、素人《しろうと》に来られたら足手まといでしかない。店長はノリノリでも、ベテラン書店員さんやできるバイトさんが「マジでだるいわ」と思うのがあるあるです。

ところが、M書店の方々、一人残らず寛大《かんだい》で楽しい人で、いつでも笑顔で迎えてくださるんです。

だからこそ、お客になってはいけない。真剣に働くのだと、当日は家からエプロンを着用してまいりました。(周りから見たら、料理途中にこっそりレシピ本を見に来たおばちゃんにしか見えへんかったやろうけど。)


当日お店に伺うと、入口は、「瀬尾まいこさん来店」と風船や花などで素敵に飾ってくださっていました。お手数をおかけするために行ったわけじゃないのに。「これは、たくさん売らないと」と私はなおさらやる気に満ち溢れました。

まずは店頭で、

「本、たくさんありますよ」

「どうぞ見て行ってくださいね」

と呼び込みをしたのですが、K店長に、

「店の外、ショッピングセンターの敷地になるんですよ。ここまでがギリです」

と言われ、店内にすっこむことに。

それでは中でと、お客様に「その本、いいですよね」とお声掛けをしたのですが、静かに去られてしまいました。お声掛けのタイミングって難しいですよね。

もっと自然な感じでいかないとなと、次は絵本「パンどろぼうシリーズ」をご覧になっている方に、「それ、私も読んでます。おもしろいですよね」と、柔らかな声音で挑戦。

今度はお客様がお顔をあげてくださいました。これは売れるチャンス！　とドキドキしたところ、

「この本、どこまでそろえてるかわからなくて」

と相談されました。どうやろう、それは一緒に住んでへんからわからへんな。

「えっと、にせパンどろぼうくらいまでお持ちっぽいですよねー」

とわけわからん返事しかできませんでした。

もしお近くやったら、お家の棚見てきます！　と言いたいところでしたが、お互い「てへへ」と笑って終わってしまいました。

本って、こちらから声をかけて買ってもらうことはあんまりないですよね。一人でゆっくり選びたい方がほとんどでしょうし。

「その本、気になっちゃいました？　私も同じの、家にあるんです。装丁《そうてい》も鮮やかでお顔映りもいいと思いますし、何とでも合わせやすい、持っておかれて損はない1冊

です」

とか言う機会ないですもんね。

店内放送も使わせていただけたので、「今ワゴンで手帳が割引中です」と言った後に、こっそりワゴンを見にいきましたが、誰も反応してませんでした。

私、教員時代、卒業式の司会を任されるほど滑舌《かつぜつ》には自信があってんけどな。

私の本を全部持ってる人に会えた

結局、ほとんどの時間、自分の本を売っておりました。

私の本で悩んでくださっている方には、ここぞとストーリーを解説しました。

「めっちゃおもろいです！」

言うてる自分に恥ずかしなったわ。

けれど、今この人にはこの話を読んでほしいな。そういうお気持ちの時には気軽な感じのこっちがいいかなとおすすめできたのは、いい体験でした。

たまたま書店前を通りがかって、「え？　瀬尾さん、うそー。全部持ってる！」って言ってくださった方もいました。そんな人と偶然会える!?　そもそも、私の本を全部持ってる人、全国で数名やのに。これは書店の神様のおかげでしかありません。

さらには「瀬尾さんの本、めっちゃ好きなんです」と興奮してくれる小学生の子がいたり、中学生の子が、「うわー」って顔輝かせて何冊も買ってくれたり、追い込み時期やのに買ってくれる受験生の子がいたり、若い世代の方に喜んでもらえると心を動かされました。

もちろん、大人の方々にも感謝です。この際だからと全種類購入してくださった方。家にもあるんですけどと言いつつ買ってくださった方。大事に選んでくださった方。読んでみますと初めて手に取ってくださった方。どんなお気持ちもうれしいです。まだ幼稚園の女の子と一緒に来られて、娘さんとお姉ちゃんにと買ってくださったお父さんもいました。まだ読まれへんよねと内心思いつつも売ってしまいました。ごめんなさい。いつの日か喜んでもらえることを祈ってます。

唯一、書店員らしいことができたのは、マジックを探されてるお客様に「このあたりです」とお教えしたこと。でも、その方、後で私の本を買ってそのマジックと一緒に「サインください」と差し出されました。

私、マジックは持参してたんです。サインに使いはるんやったら、「マジックなんぞこの店では一切取り扱っておりません」と言うたのに。すみません。

書店で働く魅力

2時間ちょい働き、バックヤードに戻った時、娘はぐったりしてました。(でも、補充が楽しかった。またやりたいと喜んでました。) 書店員さんは、基本立ち仕事ですよね。

目と心をあちこちに配らせ、突然の質問に答えなきゃいけないから頭もフル活動。本当にたいへんなお仕事です。

私も少し働いただけで疲れ切り、家に帰るや否《いな》やM書店の文芸担当の方からいただいた入浴剤を入れたお風呂で温まり、早々に熟睡いたしました。

本を売るって、つくづく難しいです。声をかけたり、セールをしたりはほぼなくて。まずは中に入ってもらう。手に取ってもらう。そこからなんですよね。そのためにPOPをはじめとする、様々な仕掛けや企画を一生懸命にされているのだと改めて思い知りました。

さて、数日後、K店長からメッセージをいただきました。そこには、お客さまの喜ばれたり驚かれたりする姿を目の前で拝見できてとても幸せでしたし、ずっとこんな時間が続けばいいのになぁーと本気で思いながら過ごした一日でした。準備も含めてワクワク続きの数日間でした。

と書かれていました。

誰かが喜んだり驚いたりする姿が、私も大好きで、それこそが執筆への大きな原動力です。本の世界へ読者の皆さんをみちびいてくださる書店員さんも、同じものをエネルギーとして動かれているんだと知りうれしくなりました。

そして、

「ずっとこんな時間が続けばいいのになぁ」

という店長のお言葉。

大人になっても、何回も何回も感じていたい気持ちです。

「ずっとこんな時間が続けばいいのに」

その言葉が言えるよう、そして誰かに言ってもらえるよう、作品作りに努めたいと思います。

第18回　打ち合わせはベッドで

おしゃれな編集者とお手洗いの謎

編集者の方って、皆さんおしゃれなんです。

ダジャレ社長も、ある時はプラダのジャケット（しかも胸元にPRADAって書いたやつ）を着、ある時は色付き眼鏡（しかも日差しなんてない日に）をし、ある時はスカジャン（しかも横須賀ではなく横浜に行く時に）を着用されたりというおしゃれぶりです。

そして、きれいな女性が多い気もします。

そんな素敵な編集者さんの中で、私が一番お会いしているのは、S社のS姉さんです。

S姉さんはデビュー直後から、お世話になっていて、ずっと担当をしてくださっています。

私と年齢はそんなに違わないし、見た目ならS姉さんのほうが若いのですが、姉さんという空気が出まくっているので、心の中だけでS姉さんと呼んでおります。

S姉さん、本当に優しいんですよね。バリバリ仕事をされているのに、それを人には感じさせず、はっきりされているのに気遣いが絶えなく、S姉さんに褒めてもらえるとうきうきします。

なんだかんだといつも気を配ってくださるのですが、コロナ禍の自宅待機期間中も、娘と私に本を送ってくださいました。しかも私のレベルをご存じで「これなら瀬尾さんも読めそうです」と簡単な本を。


S姉さんは、取材時に同席してくださることも多くて、写真撮影前には、

「あ、ちょっと待って」

と私の乱れた格好を直し、

「そのブラウス、作家ぽくて素敵」

と自信を持たせてくれます。S姉さんに褒められたブラウス、その後取材の度に着てたんですけど、それればかり着用してたら破れました。また作家に見える服を買わないと。

ちなみに、ダジャレ社長は取材に同席されると、撮影前に、

「瀬尾さん、お手洗いは大丈夫ですか？」

とよくおっしゃっていました。

最初は意味がわからず、なんでこの人いつも私をトイレ行かせようとするんやろう。さてはトイレに行ってる隙《すき》にみんなで悪口言う気やな。と思っていたのですが、ある時、インタビュアーの方が、

「髪の毛とか口紅とかを直されたほうがいいということかと」

と教えてくださいました。

「ああ、そうですね。なるほど」

と素直にトイレに向かったものの、化粧道具を持ち歩いていない私は、1分ほどひたすら鏡を見ておりました。不思議なことにどれだけ懸命に鏡を見ても、どこもきれいになりませんでした。

素敵な編集者と人生のタイミング

S姉さんは仕事に関係なく、よく会いに来てくださるのですが、それが偶然にも私の人生のちょっとしたタイミングだったりするんです。

学校をやめた時にもお会いして、

「じゃあ次、恋人探さないとね」

という話になり、その後お会いした時には恋人ができていて、

「ああ、もうそれ、結婚しちゃえばいいんじゃない」

という話になり、その次お会いした時には結婚をしていて、

「うわあ。よかった」

と喜んでくださいました。

子どもが生まれた後は、私の娘の写真を見ては、「かわいい」と大騒ぎをして、「小説なんかいつでも書けるじゃない。子どもが1歳の時期なんて今しかないのに」とおっしゃってくださいました。（2歳の時も3歳の時も。）

もちろん、編集者の方は皆さん優しいので、仕事をせかされたことは一度もないのですが、明確に「今は子どもと過ごせばいい」と伝えてくださることで、ゆっくりできるんですよね。


しっかり者のS姉さんなのですが、かわいいところもあって、以前奈良で打ち合わせをした後、外に出て店がどんどん閉まり暗くなる様子に、

「な、なに、何が起こるの」

とおびえてらっしゃいました。

「夜ですから」

と答えると、

「夜って？　まだ9時よね」

と驚かれていました。

その後「怖い！　暗闇に鹿がいた」と騒ぎながら駅までたどりついた後、駅構内でせんとくん（奈良のゆるキャラです。ぜんぜんゆるくない、ぎょっとした顔をしているのがおもしろいので、ぜひ見に来てください）を見つけてうれしそうに写真撮っておられました。

S姉さんは、この人に任せておけば大丈夫という空気と、かわいらしさをまとっているんですよね。

出版業界の話も適度にしてくださるし。自分のことをオープンにされる具合もちょうどよくて、安心できます。

だらだら、うきうき、こういうのも最高

最近楽しかったのは、S姉さんと二人でホテルの一室で会ったことです。パニック障害がひどくなって外食などがうまくできない時期があり、それを知ったS姉さんがホテルの部屋を取ってくださいました。

二人でベッドに寝転んで、ルームサービスを取り、なんだかんだとおしゃべり。仕事のことは何も話してなくて（私の記憶がないだけかも）、「こういうのいいよねー」とだらだら過ごしました。

なんだかイギリスの女学校の寮にいるみたいで、女子高生に戻った気分でした。ルームサービスにクロワッサンとスコーンがあって、たまたま私とS姉さんの洋服が水玉でかぶってたというだけで、そう思ったのですが、初めてのうきうきする体験でした。

私に仕事のことだけでなく、ちょっとした楽しみを与えてくれるS姉さん。まだまだ一緒に仕事ができるといいなあ。

そして、今後、打ち合わせはいつも寝転がってできたら最高です。

編集者の皆様、ぜひご一考ください。

第19回　いいねっていいよね

「瀬尾まいこ」で検索

私はSNSをしていないのですが、人の発信を見るのは大好きで、以前は、ダジャレ社長のXを見たりXで自分の名前を検索したりしておりました。

ところが、経営者がイーロン・マスクさんに代わったからなのか、X、のぞけなくなりましたよね？　こっそり見ようとしたら「さあ、みんな、ログインをしようじゃないか」というような黒い画面が出てきて、さえぎられてしまうという。

昭和生まれの私にとって、ログインは勇気がいります。自分の情報を入れることで、健康食品とかが毎月送られてきて、一生解約できなかったらどうしようと不安でしかありません。（昭和生まれってそんなに古くないか。私だけかもです。）

しかし、そうやって迷っている間に社長が新たなダジャレをつぶやきまくっているかもしれないと、ある日、一大決心をしログインを試みることにしました。

英語でなんだかんだ出てくるのを、言うとおりに進めていくと意外と簡単にXのアカウントを獲得できました。

晴れてX会員になったからには、見るだけでなく、何かしたくなってダジャレ社長のつぶやきにハートを押してみました。

すると、すぐに気づかれ、「瀬尾さん、~というアカウント名で、オレンジページ編集部をフォローしてるんですね」と言われ冷や汗が。

そのアカウント名、パスワードと思って入れたアルファベットと数字！　流出したら、楽天市場で買い物しまくられるわ。私の英語力のなさ、恐ろしいです。

けれど、パスワードとアカウントを間違えるのは、よくありそうなミスですが、オレンジページ編集部さんをフォローしているって、いったい、いつ、どこで、どうなったんやろう。まあ、めっちゃ料理している人みたいやし、できる主婦みたいだからいいですけど。

そんなこんなで、謎多きXには近寄らないようにし、今はYahoo!リアルタイム検索で「瀬尾まいこ」と入れて見ています。

皆さんのつぶやきを見て思うのは、想像の何倍もひそかに本を読んでくださっている方がいるということ。皆さん、もっと堂々と「読んでる」と言うてくれていいんですよ。

少し前には、「瀬尾さんがいろんなところにお子さん連れて行くの、きっとパニック障害をお持ちで、安心できるからだと思う」みたいなことを書いてくださっているのを見つけ、胸がじんとしました。

娘を連れて行くのは、預かってもらえる場がないのが一番の理由ですが、それでも、「仕事に子ども連れてくるなんて」と思われることもあるだろうというのも重々承知しています。(書店員さんは皆さん優しく、娘にとてもよくしてくださいます。)

それがこんなふうに、思いをはせて気遣ってくださる方がいることに、無意味な罪悪感や無駄に張りつめていた気持ちがほどけそうになりました。

ハートが好きなnote上級者

そして、ネット上でこのようなツールを使うのは、この連載をしていたnoteが初の試みです。

私、本当に書店さんが好きなんです。

あ、私、好きな人に平気で好きだと言うので不気味だと思いますが、我慢して下さい。そして、「好き言うてんねんから、私の本にPOPをつけてよね」などという下心もないのでご安心ください。

教員時代も「あんたらが何より大事や」と話しては、「うぜー」「きもー」と中学生に言われていましたが、離任式で「みんなのことが好きだから、遠く離れても応援できる」みたいなことを言うたら拍手してもらえました。

きっと私がいなくなる時には、不気味さが払拭《ふっしょく》されると思いますので、もうしばらく耐えておいてください。

そういうわけで、書店さんに何かしたいという気持ちがあって、水鈴社の社長にいろいろと相談をしてたんです。あの人、ダジャレのセンスは皆無ですが、しょうもないことにでも耳を傾け、思い付きを形にしてくれようとするんですよね。

書店さんをあちこち巡った後に、

「書店巡りをエッセイに書いて、レジ横においてもらうとかどうでしょう?」

とダジャレ社長にお話ししたら、

「それなら、水鈴社のnoteに書きましょう」

とご提案くださいました。

もちろん、イーロン・マスクに翻弄《ほんろう》されている私なので、レジ横に置いても書店さんの手間が増えるだけだけど、かと言って会社のノートに書くってどういうこと?

と驚きました。

その時のLINEを見てみたら、

私　誰かには読んでいただきたいので、ノートに書くのはどうかと思います。
社長　ノートというのはこれです。（ｎｏｔｅのページを貼り付けて説明）

というやり取りが。

社長、無知な私に付き合ってくださって、いつもありがとうございます。

でも、普通ノートって言われたら、

「おいしかった！　マスター、サイコー」

「由美子。次は夫婦になって来ようぜ」

みたいな観光地の有名店に置いてあるノートに書くイメージですよね？（今やそんな物ないいんかな……。）

そんなｎｏｔｅももう19回目。私もｎｏｔｅ上級者です。って、原稿を送っているだけで、あとは水鈴社さんが全部してくださっているんですけどね。

エッセイが始まってから、水鈴社さんのｎｏｔｅのページを毎回見ているんですけど、ハートマーク、ドキドキしますよね。私、自分でハートを押しています。（最初、何回もハートマークを押していたら、社長に1回しかカウントされないからやめてくださいと言われました。恥ずかしー。）

今のところ、番外編をのぞいてはカルカン先輩登場の回がハート数1位。初回というアドバンテージを考慮《こうりょ》してもダントツ。やっぱりすごいです。先輩！

コメントもうれしいです。

ｎｏｔｅのログインシステムはわからないんですけど、ザッカーバーグやらビル・ゲイツやらがふっかけてくる難題を乗り越えここまでたどりついて、コメントしてくださっているんですよね。感謝しております。時差がなくご感想を拝読できるのが面白いです。

いつの日か、イーロン・マスクと対峙《たいじ》できるようになれば、Ｘでもつぶやいてみたいなと、この１、２週間ほどを振り返ってみたら、人様に言うような出来事はたったの一つもありませんでした。１か月振り返ってもないわ。

そして、慣れ親しんだｎｏｔｅも次回で最終回を迎えます。

ラストは思いっきりおしゃべりしたいと思います。

最終回　どんなときでも書店にどうぞ

あいつとコーヒー

2023年の夏前、私は頭を抱えていた。目の前にあるのは今まで扱ったことのない難題だ。「何から手を付ければいいんだ」そうつぶやきながら、どう見ても子どもにしか見えない秘書が淹《い》れてくれたブラックコーヒーを一口飲み、ひらめいた。「あいつを巻き込もう」と。やつならきっとこの話に乗ってくるはずだ。そう思い立ったとたん、現金なもので、苦悩は高揚へと変貌《へんぼう》していた。

皆さんこんにちは。最終回にして、いきなりの路線変更。いったいどうしたんだ。と驚かれたことでしょう。まあ、落ち着いて。まずは座ってください。（あ、誰も立ってませんか？　むしろ寝て読まれてました？　起こしてすみません。）

上記の文章、嘘《うそ》が1つあります。（え、1つしかないの？　全部嘘かと思ったわ。）「ブラックコーヒー」です。私、コーヒーそのまま飲めないんです。かわい子ぶってると思われたら嫌なんですけど、パニック障害なので、カフェインなしのコーヒーに牛乳を入れたカフェオレしか飲めないんですよねって、心配無用でした。

先日、ネットで40代のおっさんが「四十を過ぎて、コーヒーが飲めるようになりました。ブラックでとはまだ言えない」と、まるで可愛いアイドルみたいにつぶやいているのを発見しました。

で、この40代のおっさんが巻き込まれる人物なんですけど。あ、話が散らかってますね。整理します。

ここ2年くらいでしょうか。書店さんが閉店するというニュースが多くなりました。書店さんをよく調べているせいか、私のパソコンのネットニュースでは度々「〜書店閉店」のニュースが上がってきます。中には「あんな流行っているのに？」と驚く書店さんや、お世話になった書店さんの名前もありました。

それだけでなく、「いつも感想をくださる書店員さん、今回の本はなんでくれてないんだろう」と、ネットで調べると（え？　感想を書かないと調べられるの？　はい、そうです。それが作家の仕事の8割と言うのは過言でしかありません）、閉店されていたりで、実際は、知っている以上の書店さんが苦境に立たされているのだと思います。

書店さんを回らせていただくたびに思い知るのは、書店員の方々がものすごい勢いで本に愛情を注いでくださっていることです。だからこそ、今度は私が書店さんに何かしたいと思っていたんです。それなのに、何かしたいなどと言っている場合じゃないことになっているのが現状です。

でも、この手の問題ってなにをどうしたらいいのかわかりませんよね。内閣総理大臣になるのが手っ取り早そうですけど、私、喪服《もふく》しかスーツを持っていないので断念しました。

「なんでもやります。何かやりましょう」と書店さんで言わせてもらうことも多いのですが、私では出来ることも限りがあり……。(私が有村架純だったらもっとお役に立てただろうと何度思ったことか。というか有村架純だったら、まず人生変わってただろうなー。濃い顔の旦那じゃなく、もっとカッコいい男性に言い寄られて、ほんで、ほんで、……あ、妄想《もうそう》はひとまず措《お》いておきます。)

そこで、もっと具体的に何かしないとと、40代で初めてコーヒーを飲んだ人物(40代で初めてコーヒーを飲むのはええんよ。それをつぶやくのが怖いんよ。こう見えて可愛いでしょ? ぼく。というあざとさが透けて見えるのよねー)に相談しました。

するとダジャレ社長は(え? 「ブラックコーヒーはまだ飲めないの。テヘ」のおっさんって水鈴社の社長? そうなんです。ああいうことを堂々とつぶやける人が社長になれるんですね)、「書店さんのためにも読者の方のためにも一番いいのは素晴らしい作品を書くことです。それ以上はありません」とおっしゃいました。

私が、「あ、そういうのちゃう。具体的に何かしたいねん」と反論すると、ダジャレ社長はしばらく考えた後、「たしかに。何かやりましょう」と言ってくださいました。

そこから、私が思いつきを発する。社長が「瀬尾さん、落ち着いてください」と代案を出してくださる。それを二人でやり取りしながら形にしていこうとする日々が始まりました。

調べてもらってもいいですが(だれが何の目的で調べんねん。みんな忙しいねん)、2023年の夏前から今日まで(今日がいつだってOK)ほぼ毎日ダジャレ社長と私はLINEでやり取りをしています。

万が一ダジャレ社長ファンの方がいたら、すみません。社長は私にぞっこんですが、私は結婚してるのでご安心を。(これ、ぞっこんと結婚をかけたおもしろいダジャレです。byダジャレ社長風。ダジャレって説明した時点で終わりよなといつも社長に感じております。)

私の思いが形になるとき

社長と私のＬＩＮＥは、いつもだいたいこんな感じです。

社長　おはヨーグルト。
私　すごくおもしろいですね。ところで、〇〇書店さんで△をしてみようと思うんですけどいかがですか。
社長　一つの書店さんだけでそういうことをするのは内村航平、いや、不公平になります。それは全書店ですることです。
私　そっかー。じゃあ、◇ならしてもいいでしょうか。
社長　いいと思います。◇を□という風にやれば、さらにしゃぶしゃぶになると思います。あ、ステーキ（素敵）です。
私　なるほど。いいアイデアです!!

こんな具合に毎回ダジャレが挟まれる返信にイラつきながら、社長に軌道《きどう》修正してもらっては、何かをしていく日々は楽しくてしかたありませんでした。

私が教員だった時、同僚に、「瀬尾ティー（これ、教員あるあるだと思うんですけど、同僚同士、名前にTeacherのTをつけて、タナカッティーとかって呼びあいませんか?）って、歩きながら考えてそのままやるよな」と言われたことを思い出しました。私は熟考が苦手でして、「あ！　これやってみよう」と思ったら、次には教室でやってるんですよね。中学生相手だと、「うわー失敗やな。ごめんごめん」で済んだり、生徒と試行錯誤《しこうさくご》ができて好転したりする場合もあります。（学校はいくらでも失敗していい場所です。そのための場所でもある。これを読んでくださっている中に小中高生がいたら、なかなか難しいけど、失敗しても大丈夫なんだなと少しでも思ってもらえたらうれしいです。）

だけど、世の中はなかなかそうはいきません。社長が止めてくれたり、改案を出してくれたりしてよかったとしか思えない私の奇天烈《きてれつ》な発想は山ほどあります。

最初は「書店さんに何かできないか」と深刻なトーンから始まった取り組みでしたが、社長と「あれどう?」「これどう?」と進めていくうちに、中学生を前にした時のあのわくわく感がよみがえり、いつしか胸が弾んでいました。

この『そんなときは書店にどうぞ』は、書店さんに少しでも何かお返しができたらという思いと、これ以上閉店する書店さんが出てきませんようにという願いを込めて作った本です。

そのために、通常の本とは異なった形で販売をしていただいています。ただ、普段と違うことをするのは私が想像していた以上に難しく、刊行まで何度もいろんな人と話し（私じゃなく社長が）、何度も打ち合わせを重ね（私じゃなく社長が）、ここまで来ることができました。

私、人に媚《こ》びることが嫌いなのに、いつも社長は私に、

「水鈴社を必要以上に持ち上げるのはやめてください。瀬尾さんはいつも毅然《きぜん》とするべきです」とおっしゃいます。

でも、好きなことを好きだと言ったり、感謝の気持ちを述べたりすることは、お世辞や媚《こび》ではないと私は思っています。だから、一言だけ言わせてください。

水鈴社さん、いつもダジャレをありがとうございました。心底つまらなくて、うまく笑えなくてごめんなさい。

あ、こっちじゃなかった。

私のやりたいことを、実現しようと動いてくださったことに心の底から感謝しています。去年、今年の日々は、書店さんと水鈴社さんがいなくては、なかったものだと思います。そして、水鈴社さんは私の希望を形にしてくださる出版社さんだと思っています。本当にありがとうございました。そして、これからもよろしくお願いします。

そう。どんなときでも――

この1年間、私が訪れて楽しかった場所1位は書店さんです。嫌な顔せず（帰ってからはしてたやろうけどな）、いろんなことをさせてくださった書店さん、ありがとうございます。「こんな時間が続けばいいな」と何度も思いました。そして、まだまだこれから、何回だって書店さんに行くつもりです。私と水鈴社さんのやりたいことはこれからも続くので、がっつり行かせていただきます。（あ……休業日のふりするのやめてもらっていいですか？）

そして、お客さんとして訪れる書店さんも同じように楽しいのです。

あちこちに工夫が凝《こ》らしてある店内を歩くのは、ちょっとしたテーマパークと同じうきうきとわくわくが詰まっています。皆さんが書店に行かれることこそが、書店さんが続いていくことにつながります。

いろんな世界を見せてくれ、今いる日常と違うことを経験できる。時には、味方になってくれることも、宝物になることだってある。それでいて、好きなときに手に取ることができる気軽なもの。そういったものをお探しのとき。

そんなときは書店にどうぞ。

追伸：社長が「書店さんのためにも読者の方のためにも一番いいのは素晴らしい作品を書くことです。それ以上はありません」とおっしゃった言葉を、流したわけではありません。今、現在の私を作っているすべてのものを詰めた小説を書きました。
2025年の4月頃には刊行の予定です。一人でも多くの方にお読みいただけたら嬉しいです。

映画「夜明けのすべて」のこと

「夜明けのすべて」撮影見学記

上白石萌音さんと石ころと

2022年の12月、映画「夜明けのすべて」の撮影現場に当時小学3年生だった娘と見学に行きました。

撮影しているところなどそうそう見られるものじゃないとわくわくする反面、現場なんか行ったら、

「おいおい、ド素人《しろうと》うろうろさせんなよ」

「誰だよ。こんな田舎者の親子連れてきたやつ」

と怒号《どごう》が飛ぶ姿も想像していました。

プロが集まる場所って、ただならぬ緊張感ある気がしますよね。そして、三宅唱《みやけしょう》監督。お会いする前に、お姿をお写真で拝見したのですが怖かったんです。（いい意味で。）やっぱり映画作るようなクリエイティブな人は、厳しいんだろうなと思っておりました。

さて、当日。ダジャレ社長引率のもと、ドキドキしながら娘と現場に向かいました。

（恐ろしいことに、社長は現場に着くまでの電車の中、ずっと駅名でダジャレをおっしゃってました。すべての駅でです。）

ダジャレを乗り越え、現場に着くと上白石萌音《かみしらいしもね》さんが！　当然かわいいのですが、本当に自然で、一切の緊張を周りに強《し》いない人で、なぜかいらっしゃるだけでほっとしました。

上白石さんはお土産の上に、娘に手紙も書いてくださって、最後にはずっと娘と石ころで遊んでくださいました。ひたすら石を並べるという遊び。私だったら付き合わないところですが、上白石さん、本気で楽しそうににこにこ遊ばれているんですよね。器が大きくてすっとその中に入れてくださる感じの人で、遠慮を知らない娘はずかずかと上白石さんの中に入り込んでました。いまだに、娘の会いたい有名人1位は上白石さんです。

「もう会ったやん」言うても、「萌音ちゃんなの」言うてるので、もしかしたら親友と勘違いしてる恐れありです。すみません。

松村北斗さんの大事なものボックス

そして、ストーンズの（最初シックスストーンズと思ってました。トーンズの前のシックスが見えてるの、私だけでしょうか？　何の現象？）松村北斗《ほくと》さん。彫刻みたいにきれいでした。

松村さんは、まず、「お名前教えてもらっていい？」と娘に聞いてくださり、名前を聞いた後は「〇〇ちゃんと呼んでもいいかな」と確認を。な、なんて丁寧《ていねい》な。私の呼び方も決めてもらってもよかったんですけど。って、名前すら聞かれてないわ。

娘は折り紙で作ったプレゼントを包装して持って行ってお渡ししたのですが、松村さんすぐに「開けていい？」と聞いてくださいました。そして、開けようとされたんですが、包装のシールがうまく外れず、かなり焦られていて……。

子どもがいる私には、子どもの前で中を一緒に見てあげたい、でも、せっかく貼ってあるシールを破っちゃいけないという気持ちよくわかります。

でも、松村さんは有名人やし男前やしそんなこと気にしなくていいのに。偉そうに、「サンキュー」言うて、その辺ほっておいていいんやで。もしくは大胆にビリって開けていいんやで。と松村さんの開封姿を見守りました。

必死で爪でシールをはがそうとされたものの、結局うまくいかず、「家に帰ってから大事なものボックスに入れるね」とおっしゃいました。

松村さん、どんな相手にも敬意があって、誰であっても傷つけたくないという公平で真摯《しんし》な方なんだなと思いました。


その後、撮影現場を見学させていただきました。本当に会社が作られていて、休憩室とか倉庫もあるんです。小説の世界がそのまま出てきたみたい。映画ってすごいなーと娘と現場をうろうろしました。そして、建物だけでなく、出演者の方やスタッフの方も、小説の中から出てきたような温かな方々ばかりなんです。

「こっちにおもしろいものあるよー」「これ、見てごらん」といろんな方が声をかけてくださいました。

光石研《みついしけん》さんが「おもちゃあるよ。もらった?」と娘に声かけてくださったり、久保田磨希《まき》さんは「夜明けのすべての本買ったのよ」言うてくれたりしました。もうドキドキしすぎて、倒れそうでしたが、こんな会社が現実にあったらなと思いました。

お昼になり、さすがにそろそろお暇《いとま》しないとと思っていたら、松村さんが用意され

たというおしゃれなケータリングのお昼ごはんが。そしたら、超空気読めない娘が、

「お腹すいた」

と一番前に並んでました。

お昼ごはん、外で上白石さんと一緒に食べました。上白石さん、いい人過ぎて心配になるくらい。時々、壁殴ったり「やってらんねー」とかつぶやいたりしてください。

途中、松村さんが、

「どれがおいしかった？」

と娘に聞いてくださいました。

全部だと言え。もしくは、なんかメインぽかったやつの名前言えと念じていたら、娘は「納豆」と答えてました。

どこのスーパーにでもある納豆でも、松村さんが用意するとやっぱりコクが出ておいしいですよね。

最後まで夢中で見た試写

その後、試写で、三宅唱監督にお会いできました。もちろん撮影現場にもいらっしゃったんですけど、その時は怖くて挨拶《あいさつ》しかできなかったんです。(画像検索してみ

てくださいｏ）試写後お話しできたのですが、「あの場面は〜」「このセリフが〜」などと話してくださる姿は、うきうきとわくわくが詰まった無邪気な中学生みたいでした。（私、中学生が大好きなのです。中学時代のあの揺れ動きまくる感情って、大人になるにつれ少しずつ削られていきますが、監督はそのまま大きくなったような人でした。）こんな楽しくて純粋な人なのに、なんで怖そうな見た目にしてはるんやろう。近々喧嘩《けんか》する予定ありはるんかな。

映画はとても優しいものでした。大げさな場面が一つもなくて、無理やり泣かせよう、笑わせよう、としていない、丁寧な作品でした。

私、映画の登場人物と同じく、パニック障害なので、試写でも一番後ろの出口前の席に陣取り、いつでも抜け出せるようにしていたのですが、最後まで夢中で見てました。心をそっと包んでくれる作品は、安心感さえ与えてもらえるようでした。

映画は、原作と変わってる部分も結構あるんですが、「これ、違う」という気が一つもしなかったんですよね。きっともう少しページ数があったのなら、私も書いていたかもしれないようなストーリーで（うそや。こんないい話、私には書かれへんわ）、エンタメにするために作られたものではなく、主人公の二人をより深く知るために、より光を身近に引き寄せるためにある場面のようで、見ていて原作が出来上がった時以上に胸が温まりました。

優しい方々によって作られた、手の届く距離にある光がちりばめられた素敵な作品です。どんな状態にある心にもきっと灯《あか》りをともしてくれる作品です。ぜひご覧ください。

映画「夜明けのすべて」プレミアナイト

玉子かけご飯の醤油1滴のすごさ

2024年1月11日、「夜明けのすべて」の特別プレミアナイトに、ダジャレ社長に連れて行ってもらいました。

前回、映画の撮影現場にお伺いした時に、スタッフや出演者の方々にお会いしていたので、緊張は薄まっているはずだったのですが、大都会東京にそわそわしました。

試写会の前日、宿泊予定のホテルまでタクシーに乗ったのですが、運転手さん、頼んでもないのに、

「これが国会議事堂です」

「ここから東京タワーが見えます」

「最近、麻布台ヒルズというのができ、高さ何メートルで……」

と道中、延々と解説してくれました。

ホテルまで30分かかってんけど、最短距離走ってくれた？　めっちゃ東京周遊され

たんちゃう？　と疑いそうになったわ。

それにしても、ホテル名告げただけなのに、東京案内したくなる、田舎者丸出しの空気が私に漂いまくってたんやと落ち込みました。東京に行くからって、きれい目の格好して来たのに。（その考えこそが田舎者。）


小学生の娘は、また上白石萌音さんと松村北斗さんに会えるかもと大喜びし、プレゼントを渡したいと、この日に向け用意しておりました。

お二人にお目にかかれるだろうかと心配でしたが、映画館の一室で、試写会直前にお会いできました。

お忙しい時なのに、上白石さんは、「〇〇ー！」と親し気に娘に声をかけてくださり、娘に手紙までくださいました。覚えていただいているだけでもうれしいのに、最高のプレゼント。娘も急いでお二人にプレゼントをお渡ししました。

松村さんも上白石さんも、娘のプレゼントを見ながら、

「すっごい、かわいー」

「これ、めっちゃ貴重」

と喜んでくださいました。（演技かどうかは判別できなかったわ。さすが役者さん。）

ちなみに娘のプレゼントとは、ちいかわなどキャラクターの絵を描き、その周りに、

ポケットティッシュの袋の絵を切り取って糊《のり》で貼ったものです。

娘、使い終わったポケットティッシュの袋に描かれた絵を紙に貼り付けることに最近ハマってるんです。

世の中にはシールというものがあるのに、うっすいビニールを切って貼るんですよね。少々貧乏くさい代物です。

それなのに、お二人は、

「めっちゃやすごいじゃん」

「うれしいー」

などと今にも破れそうなビニールが貼り付けられた紙を喜んでくださいました。

あまりの奇天烈《きてれつ》さに新しいアートだと思われたのかもしれません。ピカソやバンクシーも子ども時代はこんなことをしていたにちがい……なわけないわ。

娘からのプレゼント、今回は松村さんが開封に困らないよう、包装せずにクリアファイルに入れておきました。

しかし、クリアファイル。中身はすぐに見てもらえたのですが、大きかったようで、松村さんは、マネージャーさんらしき人に鞄《かばん》に入れてもらうようにファイルを渡すと、その後、「大事に入れてね」「隅、折れないようにね。大切なんだから」と言っておられました。

こんなんいくらでも手に入ります。というか、誰もいらないものなんです。と言いたくなったわ。

時間ないですと言われる中、私も松村さんに何か言おうと勇気出したけど、

「テレビでストーンズ見てるんですけど、松村さんがあんまり映らなくて、いつももっと見たいーって家族で言うてます」

と劇的にしょうもないことしか言えへんかった。

そんな私の発言に、松村さんは、

「ストーンズ見てるって手紙でも書いてくださってましたね」

とおっしゃってくださり、

「玉子かけご飯ってあるじゃないですか。それの醬油《しょうゆ》って、ちょっとでいいですよね。それです。なーんて」

と笑っておられました。

ここで、注目すべきは玉子かけご飯ではなく、手紙です。

私、前回撮影現場にお邪魔した後、関係者の皆様に手紙を書いたのですが、その一節に「ストーンズを見るようになりました」と書いたんです。皆様あての手紙の中の一文。それを覚えてくださってることに驚きです。

そして、娘が「映画、高の原か、四条畷《しじょうなわて》で見ます」と言うのを、

「高の原？　そういう地名があるんだね」

と答えてくれていました。

私なら、「富士山の頂上で映画見ます」とか言われても、「そっか。ありがとねー」って微笑《ほほえ》んで終わるけど（私、芸能人ちゃうけどな）、松村さん、ちゃんと相手の言いたいことを確認されるんですよね。しかもそれを覚えているという。今回も娘のプレゼントを「大事なものボックスに入れとくね」と話されていましたが、松村さんご自身も、人の言葉や思いを決して流すことなく、ささやかなものでも握りしめることができる素敵な方なのだと思いました。

松村さんの顔があんなにきれいじゃなかったら、

「玉子かけご飯って！　でも、わかるで。醤油たった1滴でもすごい仕事するもんな」って、言えたのに。いや、違う。本当に松村さんに伝えたかったのは、映画の山《やま》添《ぞえ》君にびっくりしたことです。

私もパニック障害なので、わかるわかるって何度も言いそうになったこと。あの少しずつよどみが消えてすっきりしていく山添君の表情に驚いたこと。松村さんの声に心が穏やかになっていったこと。そんなことなのに。

でも、松村さんがあんな顔をされてる限り、言える日は一生来ないわ。もう少し顔崩してくれたらいいのになあ。

360度いい人とアルプス二万尺

上白石さんの藤沢さんは、もう一瞬一瞬の表情に胸が締め付けられたり、その声の抑揚《よくよう》や響きにほっとほどけさせられたり、ひきつけられっぱなしでした。藤沢さんが上白石さんでうれしかったです。

そんな上白石さんは、3分くらいの隙間《すきま》で、娘とアルプス一万尺をしてくれました。いつ、なんのタイミングで始まったのか、二人で同時に始めて、しかも難しいほうの二万尺をしてました。

腕をくんだり、手を合わせてはしごみたいにする息を合わせないとできない手遊び。それを、何の打ち合わせもなく、自然とできることに驚きです。私、娘としょっちゅうやるけど、いつも間違った手を出してしまい、「ああ〜」ってやり直すのに。いろんな場でお話ししているのを拝見していても、上白石さん、人と息を合わすのが上手ですよね。呼吸がどなたとでもぴったりで。そして、360度いい人。いい人過ぎて本当に心配です。

「かわりに試写会の挨拶、私が出て適当なこと話しとくから、少しだけでもそこで寝てて」って言いたくなりました。客席から岩投げられるやろうけど、私、上白石さんのためなら耐えられます。

と楽しい時間を送っていて、恐ろしいことに気づきました。

三宅唱監督に何も用意していないことに。娘は子どもなので、前に遊んでくれた、自分が名前と顔がわかる人だけにプレゼントを用意してしまったのです。一言、三宅監督という人がこの映画を作ってくれて、その人がいないと始まらないんだよと言っておくべきでした。

でも、監督は「俺なんか、そんなもうもう」とにこにこ笑っておられました。そうでした。監督が怖いのは顔だけで、そのほかは純粋な中学生のように素敵な人だったのでした。

しかし、なぜかこの日も黒いスーツに黒いインナーという恐ろしい格好をされていました。「映画上映前に三宅監督によるラップバトル開催」とはどこにも書いてないのに、なぜこのお姿なのか。監督は怖くないといけないものなのだろうか。でも、スピルバーグ監督も山田洋次監督も、ここまで威圧感あるようには見えないよなあ。それに、三宅監督、役者さんにもすごく親し気に接しておられ、監督の周りは常に明るい雰囲気でした。

少し前に映画に関する監督のコメントを拝読したのですが、私のほかの本まで読んでくださっていることがわかりました。一つの作品を作るのに、私がどういう考えで小説を書いているのかにまで思いをはせてくださっていたなんてと、目を見張りました。映画を見ていただければわかると思うのですが、作った方の懐《ふところ》の深さやとがってはない心地よい繊細さがそこにあるんですよね。それらを作るのには、並大抵《なみたいてい》ではない過程があるはず。

それがあの怖い姿になって……って、監督のお姿には何も関係ありませんでした。ただ、私も田舎者に間違われる格好のまま（間違われたんじゃなく事実か）、監督みたいに何歳になっても中学生のように笑いながら、その奥では、丁寧で繊細な光を包括《ほうかつ》しつつも、心地よく読める作品を紡《つむ》いでいきたいです。と監督にあこがれの気持ちを抱いたあと、ネットを見て驚愕《きょうがく》。

監督、年下だったんですね。それもかなりの。そんな三宅監督が作られた映画「夜明けのすべて」。希望や明日をきっと見せてくれる、どんな心にも寄り添ってくれる作品です。たくさんの人に見ていただきたいです。

トークショーの温度

本当はおしゃべりが苦手なのに

私が最大に苦手なことは、人前で話すことです。講演のお仕事はいただいてもお断りするんですが、それは本当に話すのが下手だからなんです。

なぜかおしゃべりだと思われることが多く、「またまたー」と言われたりするのですが、実際に大失敗してるんです。

そう。忘れもしない、私の初講演が行われたのは、教員時代。寒い冬の風が吹く季節でした。そのころ勤務していた中学校でPTAに向け、年1回講演会をするという催《もよお》しがあり、ある年講演する人物を探せなかった担当のY先生が新人教員だった私に押し付けたんです。最後までごねたのに決行され、タイトルまで付けられました。

当日壇上に立つ私の後ろには、

「瀬尾まいこ～教師として、作家として、女として～」

の貼り紙が。

教師と作家は一万歩譲《ゆず》っていいけど、女としてってなんやねん。女として語れることと何もないわ。というか、えらい時代感じるタイトルやな。

もちろん、講演自体はぐだぐだで、「ああ、何話そう」と言いながらだったのですが、観客が保護者の方々だったので、「先生大丈夫ー」「落ち着いてー」と言ってくださる中、生徒の話とかして乗り切りました。これ、講演じゃなくて、ただの懇談会。本当、とんでもない時間が流れてました。

そんなこんなで、講演は自信をもってお断りしております。

それでもなんか断れない流れになってしまうことあるんですよね。

「みんなと一緒にトークなら大丈夫ですよね？」「質問に答える形式ならいかがでしょう？」などと言われ、「どんなんでも嫌です」とごねている間に日が決まってしまうことも。というわけで、

「普段、お話しにならない瀬尾まいこさんのトークショー！　貴重な機会」

みたいに宣伝されてしまうんですが、実は断り切れず、4、5年に1回程度どっかで、ひっそりしゃべってるんです。全然貴重ちゃうんです。ほんで、「普段お話しにならない瀬尾さんが」とか書かれているということは、単にできないから普段からやってないんです。

そんな私が2023年12月9日、枚方《ひらかた》でトークショーをする運びになりました。トークショーの2か月ほど前、会場となった書店で書店員のOさんに初めてお会いしたのですが、Oさんめっちゃ口がお上手で、5分ほどしゃべってる間に、開催の運びとなってしまったのです。

「今までいろんな文学の企画をやってきたんです」と素敵なお仕事を披露《ひろう》するOさん。そのOさんが、「私、年内で退職するんです」と切ない顔されて、「瀬尾さん! 最後に何か一緒にやりましょう。えっと、年内なので12月中ですよね」と決まっていました。あと2分あったら、Oさんから壺《つぼ》とか印鑑とか買ってたわ。

Oさん、魅力的な人なんですよね。楽しくてかわいい。見た目もおきれいだけど、押しが強くてそれがしんどさのない愉快な方で、ぐんぐん引っ張ってくださるのが心地いいんです。

読者との交流は幸せな時間

そして当日。まず、驚いたことに映画「夜明けのすべて」に出演してくださっている上白石萌音さんから素敵なお花が!! 上白石さん、私がコンサートすると勘違いしはったんかな。上白石さん、いつも細かなお心遣いしてくださるんですよね。ありがたいです。少しでも長い間我が家で咲いていていてもらわなきゃ。

本番前、緊張で倒れそうでしたが、直前にトイレでいつもお世話になっている書店のMさんにお会いして、「まさか来てくださるなんて」と驚いてうれしくなって少し落ち着きました。

トークショーのタイトルは「物語の温度」。

さすがOさんセンスある。「教師として女として」とは大違い！

トークについては、もしお越しになった方がいらっしゃったらお許しをです。私、作家の方々が備えもっていらっしゃるような知性や光る感性がないので、きらめくような話ができないんですよね。Oさんのおかげでいろいろおしゃべりはしましたが、客席の方々、普通のおばちゃんが出てきて、普通のおばちゃんの日常聞かされたわと思われたことでしょう。

すみません。また4年くらいトークは封印しときます。

トークショーの後にサイン会があったのですが、これは楽しかったです！　四国や東京など遠方からお越しくださった方々も。（ほんま申し訳ないやらありがたいやらです。私、斎藤工のトークショーでもそんな移動距離、無理。まあ、斎藤工が結婚式場で待っとくからって言うなら行ってもいいですけど。）もちろん枚方も、大好きな街になったので地元のお客さんもうれしかったです。

お話をうかがうと、本をお守りにしてくださっている方、本に救われたと言ってくださる方、新作が出たらすぐ買ってくださるという方が……。

そんな存在に私の本をしてくださってるなんて光栄です。

ＰＭＳの方や私と同じパニック障害の方もおられて、誰かにほんの少し光をお渡しできているのかなと思うことができ、幸せな心地になりました。

読者の方と短時間ではありますが、お話しできたことで励まされ、次作を書こうという意欲になりました。

トークショーには水鈴社のダジャレ社長も来てくださって、途中、Ｏさんに話を振られ、本について熱く語っておられました。

トークショーに不安げだった私に、「もし、時間が余ったら、ぼくがダジャレを1時間でも2時間でも言いますから」と送り出してくださったのですが、時間が余らずダジャレの披露はなしとなりました。残念です。って、ダジャレ1時間聞くとか拷問《ごうもん》ですよね。時間いっぱいまでしゃべれて皆さんのためにもよかったです。

さて、翌日。

さっそくネットで「瀬尾まいこ」と検索してみました。

ようと。

そして、

「トークショー最悪やった」とか「時間返せ」とか、誰か怒ってないかとチェックし
「トークショー、瀬尾さんとイケメン社長と、美人書店員さんと、可愛い秘書さん（娘です）がいました」

というような紹介をしてくださっている方を発見！　ありがとうございます。

……あれ？　ちょっと待って。私だけ、容姿についての描写がないけど、どういうことなんやろう。

私、顔見せNGで覆面《ふくめん》して参加してたんやっけな。もしかして、顔の見えにくい位置にお座りやったんかしら。……いやいや、ただのおばちゃん丸出しの人やったと書きたい気持ちをぐっと抑えてくださったんですね。ありがとうございます。永遠に心に秘めておいてください。

トークは冷や汗ものでしたが（ようしゃべってたやんと思われる方がいらっしゃるかもですが、ちがうんです。緊張すると沈黙が怖くてしゃべるんです）、本を読んでくださっている方とお会いできるのは、何よりの刺激でした。

トークの腕を磨いてまたサイン会を実施できるようにします！　ではなく、読者の皆さんにいち早く作品を届けられるよう努めたいと思っております。

ついに対談の日、来たる

わからないと言えるって素敵

映画「夜明けのすべて」が公開になると同時に、出演者の方や監督のインタビュー記事がたくさん出ていて、私もいくつか読みました。

そして、読んでいるうちに、映画はさておき、三宅監督自身に興味が出てきた私は「夜明けのすべて」以外の監督のインタビューも新旧問わず読み始めました。

監督、最初はサッカー選手になりたくて、小学生時代、一瞬宇宙飛行士にもなりたかったそうなんです。（だからあのプラネタリウムのシーン、あんなに素敵だったのか！）現在のお姿から、想像できませんよね。

そして、ご自身のこと「つまらない優等生なんです」と語られていた記事もありました。私が「有村架純です」と真顔で言うのと同じくらいの衝撃。

中でも、いいなと思ったのは、「わからないことがたくさんある。でも、わからないことはわからないって言うようにしてます」

ということを話されていたことです。

大人になって、しかも、偉い感じの立場になると、無知を隠そうとしがちですよね。それをわからないと言えるって素敵なことです。

ちょっと聞きかじっただけで自分の知識にしたり、ネットでサクっと調べてわかった気になるのとは違って、「〜については知らなかったので、いろんな場所に聞きに行きました」という話を三宅監督はよくされていました。遠方まで足を運ばれ話を聞かれたり、会社見学をされたりしていて、たいへんなんだろうけど、その作業を楽しんでやっておられる感じで、だからこそ私たちのいる現実世界とつながった作品ができるんだなと思いました。

インタビュー記事を読み漁《あさ》った私は、

「三宅監督のことめっちゃ知ってます。もし、今、三宅監督クイズ大会があったら、優勝できそうな気がします」

と水鈴社のダジャレ社長に報告しました。すると、

「監督とタイマン、いや、対談しませんか？」

とお話が。

その時のＬＩＮＥのやり取り。

私　するするする。
社長　新宿バルト9です。バトルじゃありませんよ。瀬尾さんはリモートで。
私　わかりました。
社長　新宿を血の海にしましょう！
私　わかりました。リモートですがやってみます。
社長　それを200名ほどのお客さんが見るんですけどね。
私　え？　対談を人が見る……？　どういうことでしょうか。

実際のやり取りは、社長のダジャレがあまりに意味不明でつまらないものが多かったため、私のほうでわかりやすく書き換えました。
そんなこんなで、対談かと思いきや、皆様にも見られてしまうトークショーが決まりました。そして、開催前、恐ろしいことに、水鈴社さんの中の人が「瀬尾さん&三宅監督の爆笑トーク」とXで宣伝を。社長がダジャレを連発される会社では、どんなことでも笑いなのだという精神なんですね。

山添君と藤沢さんにまた会いに映画館へ

対談がある3月7日までの間に、私、「夜明けのすべて」を3回も見に行ってたんです。対談のためじゃなく、映画を見終わってしばらくすると、山添君と藤沢さんにまた会いに行きたくなってしまうんですよね。見れば見るほど、「ここにも。あっちにも」とちりばめられた光に気づく映画です。

ちなみに、夫も3回見に行ってました。1回目は一緒に行ったのですが、最初から最後まで泣いていて、終了後、

「どうしたん?」

と聞いたら、

「闇と光が交互に出てきて、そのどちらもが胸に来て」

となんかいいことを言ってる風の感想を述べていました。

そして、驚いたことに、その1週間後の土曜日、娘と私を置いて一人早起きをして(近くに映画館がないんです)、

「なんか前泣いてて見えてへん文字あったから、もう1回行く」

と映画を見に行ってました。字幕じゃなかったけどな。

そして、帰ってきてまた映画のことを語ってました。

「プラネタリウムのシーンがすごくいいねんなあ」

と何回も言うてたけど、それ原作にない話やから。でも、私もプラネタリウムの場面、本当に好きなんですよね。

とにかく、普段、映画どころか、本も漫画もドラマも見ず、休みの日は草野球をするか寝ている夫が、映画を3回も見る。これは驚異です。

新しい明日がちゃんとくる

いざ対談当日。

まずは最初に、リモートがうまくできるか、テストをしてくださったのですが、私の顔だけがスクリーンにどでかく映し出されているのが見えて、笑ってしまいました。すごい不謹慎《ふきんしん》なのですが、大画面に映し出された私を客席の方が見守るって、偲《しの》ぶ会みたいでこらえきれませんでした。これは、水鈴社さんが本気で爆笑トークショーにするため仕込んだのかもしれません。

そして、本番。監督が最初にボロボロになった（乱暴に扱ったんじゃなく、たぶん読み込まれたんだと思います）単行本のページを開け、読んでくださったのがとてもうれしかったです。

その後、私に話が振られたのですが、監督に言いたいことがありすぎて、3回も見たことを自慢し、好きな場面とかを勝手に語りだしてしまいました。

「この人、質問聞いてないやん」って、会場シーンとなっていたやろうな。私のパソコンのZoom画面では、静まり返った客席の様子が映し出されていて、ひやひやでした。

その後、会場の皆様の質問コーナーがあったのですが、皆さん「5回見ました」とか「6回見ました」とかおっしゃっていて、3回の私、最下位でした。3回見たことを得意げに語っていたなんて、もう穴ほりだしたくなりました。皆さん、そんなにたくさん見てくださってたんですね。すごいです。

記憶をたどって書いているので、正確な文言じゃないですけど、「どうして家族を自死でなくした人の話を取り上げたのですか」というような質問に、監督が、「この映画に出てくる二人もPMSであったり、パニック障害だったりで、何もしなかったら死んじゃっていたかもしれない。それを無視はできない」

というようなお答えをされていたのが印象的でした。

現実世界には、さまざまな症状やつらさを抱える人がいて、何もしないままでいたら、悲しい決断をする人がいるんですよね。でも、「何もしなかったら」という言葉には希望があると思います。

人の人生に他人がどこまで入れるかはわからないですが、映画や本、音楽や絵、そういったものが救いになる瞬間を差し出すことができるのであれば、どんなにいいだろうと願わずにはいられません。もちろん、周りに差し伸べられている手があることを知ってもらえる機会になれば、さらにうれしいことです。

映画でも小説でも、好みや相性があるので、「これ見れば元気になるよ」なんてことは言えません。でも、映画「夜明けのすべて」を見て、私は新しい明日がちゃんとくるということが疑いようもない明確な事実なのだと知り、希望を持てました。

監督と話せて、映画を見てくださった方の反応も直接見られて、トークショー楽しかったと、終了後ほっとお茶を飲んでいたら、ダジャレ社長から「今から監督と飲みに行きまーす」とＬＩＮＥがきました。

すごくないですか？　監督とトークショーを実施し、自分はがっつり飲みに行くという。でも、監督がゴーヤジュースがお好きだというマル秘情報を教えてくださったので良しとしておきます。

ミヤケッティーを着る日は目の前

勝負服のミヤケッティーを購入

2024年5月17日。京都の映画館で、ついにリモートではなく三宅唱監督と対面でトークショーを果たしました。

イベントを実施してくださった出町座さんのことを行く前に調べたのですが、ホームページを拝見すると、魅力的な取り組みがいろいろ。そして読み進めると、三宅監督の似顔絵が描かれたTシャツ、略してミヤケッティーというものを販売されているではないですか。

しかも、トークショー開催前日時点でLサイズは完売。Mサイズは残り1枚。この映画館、完全に監督のホームですよね。当日は、三宅監督の熱烈なファンの方が集まるにちがいないから、私はおとなしくしておこうと思っておりました。

そして、当日、三宅監督は当然ミヤケッティーをお召しになるだろうと予想した私はTPOに配慮し、水鈴社さんのロゴの入ったTシャツを着ていきました。

ところが、恐ろしいことに、三宅監督は無地のTシャツでお越しになるという有様。ミヤケッティーって、いつ誰がどこで着るためのものなのでしょうか。と嘆きつつも、私、ミヤケッティーを購入しました。(ダジャレ社長が買ってくれました。)ここぞって勝負の時に着ます。

さてトークショー。

トークショー後のサイン会で「瀬尾さん、めっちゃしゃべるんですね」と数名の方に言われたのですが、それには深い理由があるんです。お前、三宅監督のホームやからおとなしくしとくんちゃうんかと思われた皆様、聞いてください。

トークショーの少し前に現地に着いたのですが、三宅監督、お会いした途端「ぼく、△時の電車で帰ります」と宣言をされるではないですか。これって、「終わったらすぐ帰るし、君と過ごす暇ないからね。無駄な話しないでね」という予防線ですよね。待ち望んだ対面を果たすにあたって、三宅監督に聞きたいことがいっぱいあったんです。

それなのに、帰る時間を宣告され、トークショーの最中しか聞けないやんと焦ってしまい、ついつい自分の知りたいことをガンガン発言してしまいました。監督が帰る時間さえ言わなければ、おとなしくしてたんです。

私、三宅監督の作品ってどれかわかるわ

一番お聞きしたかったのは、よく監督で映画を選んで見るとか、この映画、〇〇監督よなとか言う方がいらっしゃいますが、私、監督の特色ってどこにどういうふうに出ているのかがよくわからなかったんです。（唯一「釣りバカ日誌」だけは山田洋次監督だとわかります。しかもタイトルだけで。）

そうなんですけど、何作か三宅監督の映画を拝見して、「あ、私、三宅監督の作品ってどれかわかるわ」と思ったんです。ただ、その個性がどうやってにじみ出ているのかが謎で、何をもってどういうふうに自分を出されているのかをお聞きしました。

三宅監督は毎回キャストも違うし、スタッフも違うし、出そうと思って出してはいないんだけど。とおっしゃってました。ただ、やりたくないことはある。わざとらしい撮り方やいかにもな作り方はしたくないという感じのことを、具体例を挙げて説明されました。

その話を聞いて、「三宅監督の作品の特徴がわかった」と思ってしまったんです。（映画に詳しくもないのに。）

当日会場にいらっしゃった方、ここが一番「このおばちゃんヤバイ」とびびられた

場面だと思うんですけど、その時私の脳内でクリーピーナッツさんのブリンバンバンボンが流れてきて、その歌詞の「マジで？コレおま…全部生身で？」と一緒やんとなって……。

気づいたら歌詞をちょっと口ずさんで、三宅監督の映画ってそれですよ！　と監督に言うてました。きょとんですよね。一部だけでなく最初から最後まで省略なしでしっかり歌うべきでした。

じゃなくて、私が言いたかったのは、技術や装飾じゃなく、そのまんまの生身で作られているのが監督の映画の空気なのではないかと思ったんです。（映画評論家でもないのに。）

トークショー内でも話題になっていたように、映画と原作の空気が同じだというご感想をよくいただくのですが、それは本当だと思います。

私が知らないところで、山添君や藤沢さんたちはこんなことをしてたんだと見られたり、もう少し書きたかったなと思っていたことが映画で実現されていたり。

原作のあるものの映像化って難しさがあるのかもしれないですが、もっと知りたかった登場人物の一面や知らなかった時間を見られるのは、すごい魅力だと思います。

トークショー後、質疑応答のコーナーがあったのですが、監督、本当に真摯《しんし》にお答えになるんです。難しそうな質問でも少しも流さず、時間をかけてご自身の中を探しながらうわべだけじゃない答えを伝えようとされていました。

ミヤケッティーは着ていないけれど、すごい正直で誠実な人ですよね。

監督に聞きたいことがありすぎて……

帰宅後、「三宅監督の話を聞きに行ったのに、横のおばちゃんがしゃべってばかりでむかついたわ」と書かれていたらどうしようと、恐る恐るSNSをのぞいてみました。そしたら、なんと出町座さんが、

「今日のトークは、お二人への質問事項を事前にご提案してはいたのですが、呼び込みより先に登壇した瀬尾さんがものすごい勢いでトークを始め……」

と書かれているではないですか。嘘《うそ》でしょう？　私めっちゃ怖い人ですやん。

一人で勝手に入って行って、その上すごい勢いで話し出したって、完全に不審者ですよね。まさか、ほんまにそんなんやったんかな。もし、そうだったとしたら、理由は当日客席にいらした皆様と同じ。私も監督に聞きたいことがありすぎて、前のめりになってしまったんです。すみません。

三宅監督は帰り際《ぎわ》ぎりぎりまでいろんな方の言葉に耳を傾けておられました。世界の三宅なのに、ミヤケッティー作るくらいの人物やのに。本当いい人。

トークショー後、三宅監督が「人前だからこそ話せることあるよね」とおっしゃっていました。確かに、映画や小説のこと、作品に関するまじめな話って、普段の日常では照れ臭くて話さなかったりしますよね。人前に出るのは苦手ですが、そう思うとトークショーってありがたい場です。

今回のトークショーのおかげで、もっと三宅監督に興味津々になってしまいました。次回があるとしたら、また呼ばれる前に登壇し、監督を質問攻めにしてしまいそうです。

え？　私って、もう映画館出禁になってるんでしょうか。

でも、うれしい話が一つ。

監督、絶対読書家だろうなと思って「本お好きですか？」とお聞きしたら、子どものころから2時間くらい書店にいらっしゃったくらいお好きらしいです。監督の中には、実年齢の人生で見聞きできる以上のものが詰まっている気がします。もちろん、様々な経験をされているからこそですが、そこには、本なり映画なりの媒体《ばいたい》の力があるんじゃないかなと。

そこで、「いつか一緒に書店さんで何かできませんか？」とお話ししたら、監督に「いいですよ」と快諾《かいだく》してもらえました。やったー！　楽しみすぎます。これは、購入したミヤケッティーの出番です。今度こそおとなしくしてるんで、三宅監督、ぜひよろしくお願いいたします。

小説　そんなときは書店にどうぞ

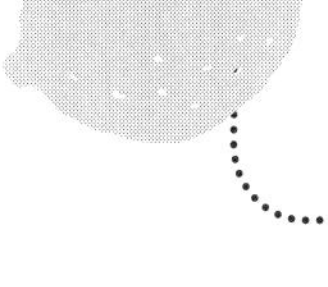

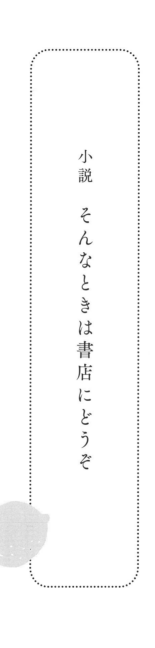

1

冬の気配がやって来た。

まだ十一月に入ったところだけど、頬《ほお》を撫《な》でる風がひんやりしているから冬といっていいはずだ。

マフラーを巻いてもそこまで不自然ではない季節。それだけで十分だ。最近、十月中旬まで暑い年もある。冬が来るのがだんだん遅くなっている。

「え？ 寛太郎《かんたろう》もうマフラーしてんの？」

バイト先の書店に行くと、店長に言われた。マフラーと上着を脱いで、あとはエプロンをつければ終了だから、バックヤードの隅に置かれたロッカー前で着替える。

「ちょっと肌寒かったんで」

「半袖着てるくせに？」

「あ、まあ」

とぼくはあいまいに笑った。

店内は空調がきいていて暖かい。それに書店員は意外と力仕事だ。品出しや返品作業。それに、本の場所を聞かれたら案内し、「表紙に砂時計みたいな絵が描いてて、夜は全部みたいなタイトルの本がほしい」などとあやふやなことを聞かれたら、バックヤードに戻ってパソコンで検索。頭も体もフル活用する仕事だから年中半袖でよかった。

店に出ると、セルフレジの前で困っている男の子が見えた。うちの店は昨年からセルフレジを導入した。初めての人はたいてい使い方に戸惑《とまど》うから、そばに立って説明することも多い。手にしているのは大学の赤本。高校生だろうか。

「図書カードでお支払いですね。ここに置いてもらって」

とぼくが近づいて操作を手伝うと、

「あ、どうも」

とぼそぼそした声が返ってくる。

ぼくと同じタイプだ。自分がどんな人間か認識する時、なぜか同時に兄貴のことが頭に浮かぶ。兄貴はぼくとは正反対だった。こんな状況だったら、

「うわ、すげー。自動で何でもできるってびびる。やった、できたできた！　ありがとうございます」と感動して、説明した店員と握手くらいしそうなやつだった。

ぼくには素直に喜ぶまっすぐさもなければ、相手を喜ばせられる愛嬌《あいきょう》もない。でも、受験生なのだろうと思うと「がんばってくださいね」と自然と声をかけていた。

家からの最寄り駅近くで、タイミングよく募集していたから、この書店でアルバイトを始めた。地域の小さな書店。店長とぼく以外にパートさんが五人。その規模もちょうどよかった。

書店員は自分から働きかけることはほぼない。そのおかげか、接客業はどうだろうかと不安だったが、なんとかできている。

本を売るには、声をかけて勧めるというより、並べ方や書店員で作るPOPによるところが大きい。あらすじや本に込められた思いを絵や短い言葉で表現したり、時には立体的な創作物まで作り、お客様をひきつける。

うちの書店には、POPづくりの名人がいる。桝上《ますがみ》さんは新聞の地域コーナーにも掲載されたことがあるくらい、創作物を作るのがうまかった。桝上さんのロッカーにはいつでも裁縫道具や工具セットが入っている。

今は文芸作品のコーナーにメリーゴーランドやお弁当箱が作られている。これを見るのがおもしろい。小説なんてほとんど読まないぼくだけど、桝上さんの創作意欲を駆《か》り立てる作品が発行されないかと楽しみになっている。

読書家でないぼくみたいな人は、たくさん積まれている本やそこに描かれたＰＯＰの言葉を手がかりに本を手にすることが多い。

店内に学生たちが少なくなり、棚の整理に参考書売り場に向かった。参考書は使い勝手に好みがあるのだろう。ページを開けて確認するお客様が多いから、崩れやすい。

高校受験のコーナーにいると、必死で受験勉強をしていた兄貴を思い出す。ほぼ三つ上の兄貴は好きな女の子と同じ高校に行きたいからと、夜中まで勉強していた。好きな子と一緒にいたいだけで、これだけがむしゃらになれるんだ。兄貴っておもしろいよな。青春だなと、まだ幼かったぼくは、少し甘酸っぱい気持ちで眺めていた。

そういうぼくは高校入試に失敗した。余裕で合格できると言われた近くの公立高校に落ち、親が探してくれた私立高校に意志もなく入った。今も何の選択もせずそのまま付属の大学に通っている。

無気力とまではいかないけど、ぼくは兄貴のように何かに夢中になれない。ここのバイトも同じ。与えられた仕事をこなす。それだけだ。

兄貴はバイトも一生懸命だった。ぼくが中学三年生で兄貴が高校二年生の十一月の終わり。彼女にクリスマス・プレゼントを渡したいからと兄貴は新聞配達を始めた。

「働くからには、朝早く起きて、しっかり体を動かしたいんだよな。俺の彼女って、そういうのが好きだから」と意気揚々と言っていた。本当に単純でバカだよなと、朝早く起きる兄貴を思い出すと、未だに笑いがこみ上げ、そして、どこかがかすかに痛む。

ぼくには何かを贈りたい相手はいないし、実家暮らしでお金が必要なわけでもない。けれど、何かをしていないと怖くなる。動いていないと、自分の中に入りこんでしまいそうになるのだ。そのくせ、楽しむことはまだ許されないという思いが消えない。だから、サークルに入ることも遊びに出かけることもなく、こうしてバイトをし、時間を埋めている。

2

水曜日は授業が午後しかないから、朝シフトが入っている。開店前の店で手芸や料理本のコーナーを彩《いろど》る桝上さんの作品にぼくは声をもらした。

「なるほど」

「なるほど?」

ぼくより二十歳ほど年上の桝上さんが横にやってきた。ぼくが桝上さんのPOPをいつもじっと見ているのを知っていて、感想を聞きに来るのだ。

「手芸本を買う人、こういうの見るの好きだろうから、いいなと思います」

牛乳パックで作られたケーキ、ヤクルトの空き容器で作られた雪だるま。刺繍《ししゅう》で描かれるクリスマスツリー。このコーナーだけ、灯《ひ》がともったようだ。

「でしょ」

桝上さんは微笑《ほほえ》んだ。笑顔を見るとほっとする。ぼくの言動が間違っていなかったと証明された気がするのだ。

ぼくはエプロンをつけると、手芸コーナーの並びを変えるのを手伝った。

桝上さんが作ったPOPに照らされるように本を置いていく。この作業がぼくは一番好きだ。今まで奥に引っ込んでいた本たちが、目を向けられるようでうれしくなる。

「冬が来るのはいいよね」

手作りの小さな熊をつめた靴下を飾りながら桝上さんが言った。

「寒いの好きなんですか?」

「寒いのはいやだけど、冬の創作が好きなんだよね。夏はサイダーとかかき氷とか清涼感があるものを作ってたけど、冬だとこたつとかシチューとかあったかいものが作れるし。冬のほうが創作意欲湧《わ》くかな」

「確かに冬って手作りする人多そうですね」

「大浦《おおうら》君がいつもしてるマフラーも手作りでしょう?」

「あ、まあ……」

「手作りってやっぱりうれしいもんね。うちの子もいつもいろいろ作ってる」

「桝上さんの娘さんだったら、上手でしょうね」

「どうだろう。これ見て?」

桝上さんが名札を裏返した。

そこには、かろうじてウサギに見える動物と、海苔巻きみたいな丸に目と鼻らしきものが描かれたカードが入っている。

「なんでしょう? これは」

「私の似顔絵」

「……すごいですね。娘さん幼稚園ですか?」

「ううん。もう小学生。不器用なのすごく。でも、これを見ると笑えて、いろんなことがどうでもよくなるんだよね」

桝上さんはそう言った。


バイトを終え外に出ると、午後一時をまわったところだった。日が陰りなく差し、上着も必要ない気温だ。それでも、マフラーを巻いて大学に向かう。

中学三年の冬休み最終日。このマフラーがぼくのものになった。翌日三学期からマフラーを巻いて登校したぼくに、

「え？　彼女できたの？」

とみんなは驚いた。

「いや」

「誰に作ってもらったの？」

と聞かれても、何も答えられなかった。

ぼくへではない思いがこもったマフラー。深い紺色は兄貴には似合っただろうけど、ぼくには合ってなかったし、そのころまだ背が低かったぼくには丈が長すぎた。

兄貴が受け取るはずだったマフラーを身に着けることが、いいのかどうかはわからなかった。それでも、マフラーを渡され、巻く以外の選択肢はなかった。今では、冬にぼくの首元にマフラーがあることが、兄貴が生きていた象徴のようで、外せなくなっている。

3

「このシリーズの数学が欲しいんですけど」

中学三年生らしき制服姿の女の子が参考書をぼくに渡した。

「探してみますね」

バックヤードで検索をかけてみる。現在うちにはないけど、近くのショッピングモール内の大型書店にあり、取次《とりつぎ》にも在庫があるから注文すれば数日で届くだろう。

「近隣の書店さんにもありますし、取り寄せることもできます」

とぼくが答えると、

「来週には届きますか？」

と女の子が聞いた。

「大丈夫です」

「じゃあ、二十五日に来ます」

そう言う女の子に、氏名や電話番号などを書いてもらった。

バイトを始めたころは、ネットで買えば早いのにと書店員らしからぬことを思っていた。ここで働いて二年近く、今は、本たちが放つ手触りや佇《たたず》まいを実際に見て確かめてほしいと思う。

何よりこの空間に足を踏み入れてほしい。愛だとか光だとか青春だとか時に恐怖だとか。手段だとか方法だとか知識だとか。そういうものが本には詰まっている。様々な本が並ぶこの場所にいれば、どんな時でも、何かは自分に差し伸べられていることがわかる。手さえ伸ばせば救いがあるということが。

そのせいだろうか、ぼくはここにいるのが心地いい。

4

「あ、寛太郎君」

親しくもないのに、ぼくを下の名前で呼ぶのは、中原さんが兄貴と同じ呼び名を使うことに抵抗があるからだろう。

ぼくは毎月二十四日の午後四時に中原さんがここに来るのを知っていて、墓参りに行く。兄貴が亡くなった半年後に、中原さんがぼくと同じように月命日に訪れていることを知った。中原さんの顔を見るのは苦しくて、翌月から時間をずらした。ただ、冬が姿を見せ始める十一月二十四日は、まだ中原さんがマフラーをしているのか知りたくて、毎年、午後四時に兄貴のところへ来てしまう。ただ、顔を合わせるのは十一月の二十四日だけだ。一緒にいるのは今も苦しい。だから、他の月は時間をずらして訪れている。

中原さんは今年も兄貴が買ったマフラーを巻いていた。母が兄の代わりに渡したものだ。「ああ、やっぱりな」とほっとするような、「いつまで続くのだろう」と途方に暮れるような複雑な心地がする。淡いピンクの柔らかそうなマフラー。「めっちゃいいだろう」と兄貴に何度も見せられていたから、色やその風合いまで覚えている。

六年前の十二月二十四日の朝。新聞配達のバイトのとき、兄貴は交通事故で亡くなった。まだ十四歳だったぼくは、恐怖と悲しみと絶望に襲われ、一瞬にして自分が切り刻まれ「無」になっていくように感じた。兄貴を失ったことと、兄貴を失って苦しんでいる両親と暮らしていくこと。すべてがつらく、その時間は弱まることなどなく、永遠に続くようだった。そんな中、中原さんが兄貴のために編んだマフラーをぼくにくれた。自分のものにしていいのだろうかと思いつつも、断ることができず首に巻いた。その年の冬は、体の隅々までが凍るような寒さだった。だけど、中原さんがくれたマフラーに包まれた首元だけは暖かかった。

今日は朝からの日差しで空気が温められ、夕方なのに風は生ぬるい。それなのに、中原さんもぼくも同じ。マフラーをしっかりと巻いている。

中原さんがそのマフラーをしている限り、ぼくは外せないのだろう。

「もう十一月って一年早いね」

「そうですね」

墓参りを済ませた中原さんが桶《おけ》や柄杓《ひしゃく》を片付けながら言う。

「最近調子はどう?」

「いいですよ。えっと、中原さんは？」

「私も相変わらずやってるよ」

「そっか。よかった」

いつもぼくと中原さんの会話は、少しも弾まない。同じものをなくした大きな共通点があるのに、そのことにはどちらも触れようとはしなかった。もう六年たつのに、いや、まだ六年しか過ぎてないからか、ぼくも中原さんも日常を生きることだけに心を注いでいて、少しも進めていない。

いつ本当の冬がここにやってくるのだろう。首元のマフラーを少しだけ緩《ゆる》め、ぼくは空を仰《あお》いだ。

5

「えっと、こないだの」

声をかけられ顔をあげたぼくは女の子を見て、一瞬で冷や汗が出た。

数学の参考書。注文し忘れている。

「あ、すみません！　参考書、注文忘れていて」

とっさに大きな声がでて、女の子が「え？」と驚いたところに店長がやってきた。

店長は頼りないけど、店員に何かあればすぐに察してくれる。そして、誰よりも先に頭を下げてくれる。

「プライドなんて今まで一度も必要だったことがないから」とおかしなクレーム相手でも、店長はたやすく謝るのだ。

「申し訳ないです。すぐに取り寄せて、お宅まで送らせていただきます。本当に申し訳ありません」

店長がぼくの横でそう言った。

「本当にすみません」

ぼくも謝りながらも、「どうしよう」という思いが頭の中で回っていた。

「全然大丈夫です。待ってる間、ほかの参考書しますし。また来ます」

と女の子はぼくを慰めるように言ってくれた。

いや、全然大丈夫なわけがない。受験前だ。不安要素など少しもあってはいけないし、届くのを待つ間にやる気を鈍らせるのもだめだ。

「あの、たぶん近くの書店にあるので、ぼく買ってきます。十分で行ってきます。待っててもらえませんか？」

ぼくの申し出に、

「あ、そこまで本当にいいんです。また来ますから」

と女の子は首を横にふった。きっと正直な気持ちで言ってくれているのだろう。けれど、行かなくちゃいけない。許される失敗と許されない失敗がある。あの時こうしておけばよかった。そういう思いはもうしたくない。

「行かせてください。すぐ戻ります」

「大丈夫ですけど……」

「ぼく、受験失敗してるんです。十二月二十四日に兄貴が死んで、何もする気がなくなって。高校受験なんてみんな受かると思ってたら落ちて、何も考えず適当な私学に入って。そこから、ずっと楽しくなかった。少しでもがんばっていたら、何かいいこともあったのかもしれないのに、ずっと一つも楽しくなかった」

ぼくの突拍子《とっぴょうし》もない打ち明け話に女の子が引いている。そりゃそうだ。縁起でもない話を聞かされて、とばっちりもいいところだ。

「とにかく少しだけ待っててください」

ぼくが唖然《あぜん》としている女の子にそう告げると、店長が二千円を渡してくれた。バトンを受け取るようにお札を握りしめ、ぼくは店を出た。

中学三年の時、塾の前に停めていたぼくの自転車が盗まれ、十二月の間、兄貴の自転車を借りていた。兄貴は新聞配達のバイトの行き帰りにしか使っていなかったから、心よく貸してくれた。空気が少し抜けている。あの日の前日、ぼくはそう気づいた。

それなのに、これくらいならまだいけるだろうとそのままにしていた。あの時、空気を入れたからと言って、事故が起きなかったわけではないだろう。でも、あの日の判断がいまだにぼくを苦しめている。

全速力で走るのなんて久しぶりで、何度も足がもつれかけた。店に突入するや否《いな》や息を切らして参考書を買うエプロン姿のぼくは、ショッピングモール内の書店でみんなから怪しげな目で見られた。それでもいい。早くこの参考書を届けたかった。

「八分です。走るのが早いのに驚きました」

女の子はぼくが参考書を渡すとそう笑ってくれた。

「本当にすみませんでした」

「いえ。すごく貴重な参考書。絶対がんばります」

女の子にそう言われ、ぼくはなぜか涙がこぼれていた。ほっとしたのか、うれしかったのか、どういう感情なのか自分でもわからなかった。ただ、人前で泣くのはあの日以来だった。

6

「頼みがあるんですけど」

木曜日の夕方、ぼくと交替で帰る桝上さんにそう言うと、桝上さんは、

「何？」

と鞄《かばん》を整理していた手を止めた。

「あの……、参考書コーナーに、ＰＯＰ作ってもらえないですか？　かわいくて、温かい感じの」

「参考書コーナーに？」

「そうです」

「え……、どうだろう。参考書は探しやすくないといけないから、すっきりと機能的なほうがいい気がするんだけど」

「わかります。でも、今だけ。受験前の冬だけというのは、無理でしょうか？」

食い下がるぼくに、桝上さんは少し考えてから、

「いいかもね。それなら一緒にやろうよ」

と言った。

「あ、いえ。ぼくは不器用なんで」

人に頼んでおきながらだけど、ぼくにはＰＯＰなど作れそうにない。何しろセンスがないのだ。

「教えるよ」

「できないです」

「できないとやらないは違うよ。大浦君はやらないだけでしょ。三秒後に空飛べって言ってるんじゃないんだから、できないわけがない」

「そうでしょうか……」

自信はなかった。幼稚園の時に折り紙が下手だと笑われたことがあるし、その後も図画工作で褒《ほ》められた覚えはない。

「できるできる。まずは何作るか考えよ」

「もう一緒にやることになってるんですね」

「大浦君、私より暇でしょう？」

「それは確かに」

ぼくは大きくうなずいた。ぼくには無意味な時間が目の前に山ほどある。

「普段は表紙や内容からイメージ考えるけど、赤本や参考書って難しいな」

桝上さんが「うーん」と額に手をやる。

「鉛筆と消しゴムと定規くらいしか浮かばないですね」

ぼくも参考書からは何も思いつかない。

「だよね。よし、切り口を変えよう。受験生に大事なのは？」

「勉強……は当たり前か。それ以外だと、あ、体調管理！」

ぼくはひらめいたまま口にした。

「おお。この時期にさしかかるとそれが一番かもね。体調管理といったら？」

「ビタミンCです」

ぼくの答えに、桝上さんは「単純明快だね」と笑った。

そうだ。ぼくは単純明快なのだ。なにも複雑にこじらせてなどいないんだと、なぜかうれしくなって、

「ビタミンCと言えば、レモンです」

とすぐに提案すると、桝上さんは「いいね」と言ってくれた。

「レモンは粘土で作れるな。粘土のレモンにヤクルトの空き容器で体をつけて、キャラクターにしよう」

「うわ。それ、絶対かわいいです。あと、七夕じゃないですけど、ツリーみたいなの用意して、合格祈願を短冊に書いてぶら下げるのはどうでしょうか？」

ぼくはうきうきしていた。頭の中に浮かんだことを口にする。たったそれだけの作業が心地よかった。

「それはスペースが難しいかな。木も邪魔になるし、書いてもらう机とか置くとなると……。あ、それなら、お持ち帰り用のお守り置くのはどう？」

桝上さんの考えに、

「すごくいいです！」

とぼくは自分でもわかるくらいに声が弾んだ。

「最高です。……でも、お守りって作れるんでしたっけ？」

「折り紙で簡単に作れるよ。どんなものでも、願いを込めればお守りだからさ」

神社に行かないと手に入らないと思っていたけど、持つ人や贈る人の気持ち次第で、なんだってお守りにできるのだ。

「そっか。そうですよね。あ、お守りに紐《ひも》つけて、しおりにしたらどうでしょう？」

「いいね。活用できるお守り。喜ばれると思う。和紙の折り紙が家にあるから、持って来るね」

「ありがとうございます。あ、すみません。帰る時間なのに」

ぼくは時計を見て慌《あわ》てた。桝上さんの帰宅時間を遅らせてしまっている。

「ううん。楽しみになってきたからＯＫ。私、明日休みだけど、開店前に来るわ。二時間もあればできると思うし、七時過ぎ集合でいいかな？」

「いいえ。作るのはまた明後日《あさって》、桝上さんの出勤日にしましょう」

「なんで？」

桝上さんに聞かれ、ぼくが逆に戸惑《とまど》う。

「なんでって」

「こういうのは、一日でも早いほうがよくない？　今日来た人にはなくて明日来る人からお得っておかしいよね。思いついた日がやる日じゃないと」

「そっか。そうでした」

思いついた日がやる日。そのことはぼくだって知っている。あの日の自転車のタイヤの緩んだ感触は今でも手のひらに残っている。


翌朝は、あの冬新聞配達に向かっていた兄貴のように早くから目が覚めた。というより、昨晩はそわそわして眠れず、そのまま朝になった。苦しみや不安から逃れられないからではなく、楽しみが待っていて眠れない夜。そんな夜が訪れると思ってはいなかった。窓を開けると、ひんやりした風で寝不足の体の重さが抜けていく。今日が始まるのだ。


約束の七時より十五分前についたはずなのに、桝上さんはもう来ていた。

「作業しやすいように、準備したかったから」

と机の上にいろいろと並べている。

この人は、本が、書店が何よりも好きなのだろう。

ぼくが来た五分後には店長もやってきて、桝上さん指導の下《もと》、さっそく創作に入った。

まずはレモンのキャラクターを作ろうと、桝上さんが家で鮮やかな薄黄色に染めてくれた紙粘土でレモンを作った。

ぼくが粘土を形作っていると、

「レモンってそんなに細長くないよ。それじゃコッペパンだよ」

と桝上さんが笑いながら画像を見せてくれた。

「思ったよりも丸いんだ。頭の中のイメージで作るとうまくいかないんですね」

「そうそう。意外に想像って実物とずれてるんだよね」

ぼくはレモンの写真をじっくり見て楕円《だえん》の形を作り、ヤクルトの空き容器にくっつけた。

店長と桝上さんとぼくのレモン。少しずつ形が違って、三つともかわいい。

「レモンちゃんトリオだね。よし、乾くまでにお守りづくりにとりかかろう」

桝上さんは段取りがいい。そうでないと、あれだけのものは作れないだろう。店長とぼくは小学生のように「はい」と返事をしながら従った。

粘土の次は、桝上さんに教えられながら、折り紙を折っていく。簡単な折り方なのに和紙で作ると、由緒《ゆいしょ》あるお守りに見える。黙々と作業したおかげで二十分もかからずに、三十個はできた。

「こんなに参考書売れますかね」

とぼくがつぶやくと、

「お守りだけを取っていく人もいるだろうしね」

と桝上さんが言った。

「それありにします？」

と言うぼくに、

「いいじゃん」

と店長が言い、みんなでうなずいた。

参考書を買ってくれた人に持っていってほしいのはもちろんだけど、誰の願いだってかなえたい。

みんなの手際《てぎわ》はどんどんよくなって、最終的にお守りは八十個を超えた。桝上さんが持ってきたおしゃれな空き箱に入れ、書道三段の店長が「ご自由にお取りください」と書くと、温かさとありがたさが漂うお守り箱になった。

「よし。そろそろいけそうかな」

という桝上さんの合図で乾いたレモンちゃんにマジックで顔を書き、棚に並べた。

三人とも笑顔を書いたけど、表情が微妙に違っていて、本と一緒に並べると、いい景色だ。

「この参考書コーナー、最高ですね」

「うん。いい出来だ」

ぼくと店長が満足げに売り場を眺めていると、

「なんか足りないんだよな」

と桝上さんが首を傾げた。

「なんですか？」

と聞くと、

「ちょっと寒くないかな」

と桝上さんは額に手をやる。

「寒い……？」

「レモンちゃんの薄黄色のさわやかさが冬には涼しすぎるというか」

「なるほど」

言われてみればそうかもしれない。

「シチューとかストーブ、作りますか？」

「いや、レモンちゃんをちょっと変えたいんだよね。うーん。帽子をかぶせると顔見えにくくなるし。……あ、そうだ！　大浦君のマフラーちょっとだけくれないかな」

桝上さんは少し考えてからそう言った。

「マフラーを？」

「レモンちゃんにマフラーを巻こうと思って」

「レモンちゃんに？」

不思議な提案に、ぼくはそっくりそのまま桝上さんの言葉を繰り返していた。

「このレモンちゃんたち、あの紺のマフラー巻くだけで、すごくいい感じになると思うんだ。大浦君のマフラー少しもらっていい？」

「はい……。いいですけど」

マフラーを少しあげるというのが、どういうことか想像がつかないまま、ぼくはロッカーからマフラーを取り出し桝上さんに渡した。

「ここまで大事にされてるマフラー、珍しいよね」

桝上さんは手触りを確かめるようにマフラーを手にした。

「そうですか」

「うん。すごく暖かい。でも、前から先がほどけてるのが気になってたんだ。ちょっといじっていい？」

「はい」

桝上さんの言うとおり、マフラーの端がほどけている。去年、友達の鞄の金具がひっかかってしまったのだ。「悪い。どうしよう」と不安そうに謝ってくる友達に、ぼくは「全然いいよ」と言った。

周りを心配させるくらい、ぼくはマフラーに神経を使っているように見えていたのか。毎日つけているマフラーが変わらずにいるわけがない。

タンスに入れておけば、来年元通りになってるかもと思ったけれど、そんなわけはなく今年は端がほどけたままのマフラーを巻いていた。そんなに目立たないだろうと放っていたけど、気づかれていたのか。

桝上さんは自分のロッカーから編み針を出すと、マフラーのほどけた毛糸をするすると抜き取り、端を編みなおして留めてくれた。ぼくには直し方すらわからなかったのに、あまりの早業にあっけにとられてしまう。

「すごいですね」

「編み物は一番得意だからね」

桝上さんはそう言うと、抜き取った毛糸で小さなマフラーを三つ作り、レモンちゃんに巻いた。冬の装いをしたとたん、レモンちゃんはほっこりした顔になった。ただ、ぼくが作ったレモンちゃんは頭が小さかったせいで、マフラーを引きずってしまっている。

「ちょっと長かったかな」

と桝上さんが巻きなおす。レモンちゃんはされるがままにじっとしている。

これは……。あの日のぼくだ。

中学三年生の冬休み最終日に、兄貴の恋人だった中原さんにマフラーをもらった。兄貴のために作られたマフラーはこんなふうにぼくには長くて、中原さんは、マフラーの先をつまんだ。その時、早く大きくなりたいって、大きくならなくちゃいけないって思ったんだ。

目の前のレモンちゃんは、マフラーを巻いてもらいうれしそうな笑みを浮かべている。

「よかったな」ぼくはレモンちゃんの頭にそっと触れた。

7

売り場の装飾で参考書が劇的に売れ出すわけではなかった。それでも、そっとお守りを手にするお客様は何人かいて、マフラーを巻いたレモンちゃんに目をやる人もいた。焦りや不安が立ち込めていた参考書コーナーの空気がかすかに緩んだように思える。

粘土のレモンちゃんや折り紙でできたお守りに、どれだけの効力があるかわからない。だけど、もし誰かの何かに少しでも触れることができたのなら、よかったと思える。

中原さんの首元からマフラーがなくなった時、それがぼくがマフラーを外す時だと思っていた。それまでは、あの冬と同じように、ずっと変わらずにぼくのそばにこのマフラーがあるのだと。

そう思い込んでいたのは、ぼくの世界が、ぼくとぼくがよく知る人物だけで作られていたからだ。

閉店後。店を出ると空はもう暗かった。それでも、冬に覆《おお》われていく空気はどこまでもすみきっているのがわかる。もうすぐやってくるのだ。ぼくが大きなものを失った季節が。ぼくが……いや、ぼくらが、乗り越えられるであろう季節が。

「大丈夫」六年前の冬、中原さんに言った言葉を自分に向けてつぶやいてみる。

六度の冬を見送って、わずかに軽くなったマフラーが温めてくれるのは、ぼくの首元だけではないはずだ。

あとがき

今改めて読み返すと、当時の出来事を思い出し懐かしくなります。

エッセイの連載中、「カルカン先輩は怒ってないの？」というお声をよくいただきました。カルカン先輩が機嫌を悪くする姿など、どうがんばっても想像できないのですが、さすがに書きすぎたかとご本人に確認したことがあります。

すると、カルカン先輩は、「母には相変わらずドジなのねと言われ、嫁さんにはあなたらしいねと笑われてます。めちゃくちゃうれしいです。もっともっといじってください」と言ってくださいました。さすが、私の敬愛するカルカン先輩です。現在カルカン先輩は手相が趣味らしく、飲み屋さんなどで隣の人の手相を見ることもあるらしいです。新手のナンパやな。じゃなく、カルカン先輩は本当に人が好きで人から愛されるんですよね。早くお仕事ご一緒したいです。


映画「夜明けのすべて」に関してはうれしいことが続きました。

ベルリン国際映画祭フォーラム部門への正式招待から始まり、北京《ペキン》国際映画祭コンペティション部門最優秀芸術貢献賞、ＴＡＭＡ映画賞最優秀作品賞など、海外で公開されたり、様々な評価を得たりと素晴らしいお知らせがありました。

私はささやかな光で優しく寄り添ってくれるこの作品が大好きで、映画を作ってくださった方々も大好きです。様々な評価には、あの方々なら当然だよなという誇らしい気持ちです。また、少しでも多くの方に見ていただく機会になるだろうと思うと、誰かの心をわずかでも軽くすることができますようにと願わずにはいられません。

三宅唱監督は、顔は怖いのですが、本当に素敵な方で、しゃべるたびに好きになる一方です。三宅監督は本を愛する人でもあり、「書店さんで一緒にイベントしてくださいね」と言った私の口約束を覚えてくださっていて、映画祭のお祝いメッセージをお送りした返事に「本のイベント忘れてませんので」とありました。さすがです。そろそろミヤケッティーにアイロンかけておかないと。

上白石萌音さんとは映画の話など全くない時にラジオで対談をさせていただく機会があり、その時に、「藤沢さんに上白石さんぴったりだと思います」「えーやりたいですー」などと話していたんです。(上白石さん、初対面の時からめっちゃ話しやすかったわ。) それが現実になった驚きもあります。そして、そのころ想像していた以上に上白石さんの藤沢さんは魅力的でした。

上白石さんには、水鈴社さん、マネージャーさんを通して(いっぱい通さなあかん) お祝いなどのメッセージを送るのですが、いつも、「藤沢さんに出会えてよかった」「物語を産んでくださってありがとうございます」などとありがたい言葉を返してくださいます。そして必ず「○○（娘の名前）ちゃんに、また遊ぼうねと伝えてください」と加えてくれるんですよね。本当に優しい人なんです。でも、上白石さん、子どもに社交辞令って通じないことご存じでしょうか？「また遊ぼうね」さて、いつにしましょう。撮影見学の日遊んだような石ころが落ちてそうな場所探しておきますね。怖……。二度と娘の名前出してくれなくなりますね。

映画はコメンタリーでも見たのですが（皆さんご覧になられたでしょうか？　三宅監督、上白石さん、松村北斗さんが自由におしゃべりしまくっておられておもしろいです）、山添君がエアロバイクに乗るシーンで、松村さんが、「実際にこういう心拍数上げるための運動する方もいるみたいです」というようなことをお話しされていて、「私もエアロバイク買いました（置いてるだけで乗ってないけど）」と映画館で叫びそうになりました。パニック障害について、松村さんがすごい量の知識を持たれていることに驚きです。一つの作品のために、想像以上の力を費やされたんだなと思います。

撮影現場にお邪魔した時も、娘の誕生日だと知って、袋満杯のお菓子をくださったり、「頭いいんですね」と言った私に「賢いふりをしてるだけなんですよ」とさらりと言ってのけたり、超かっこよかった松村さん。

そんな松村さんの素朴で可愛いところ、発見しました。三宅監督と上白石さんと私と4人で写真を撮っていただいたのですが、松村さんの笑顔、めっちゃぎこちないんです。芸能人なのに!! 私たちが、「笑ってー」と言われた時にするのと同じ一生懸命の笑顔をされてました。ただ、ぎこちなくても間違いなくかっこよかったけどな。そういうこなれてなさも魅力ですよね。

お二方のことをエッセイで書くたび、ファンの方に怒られたらどうしようとドキドキもしておりました。

ところが、その逆。サイン会などで、映画から本も好きになりましたと言ってくださる方が多いこと！ ファンの皆さんも優しくて、「エッセイ読みましたよ！」とか、「ほっくんきっかけに他の瀬尾さんの本も読み始めました」とか、「萌音ちゃん、瀬尾さんの○○の本もおすすめしてましたよね」なんて言ってくださる方もいらっしゃって、怒られなくてほっとしました。じゃなくて、上白石さんや松村さんが本の世界の扉になってくださっていることを、心から嬉《うれ》しく思いました。本当に素敵すぎるお二人。お二人が藤沢さんと山添君でよかったと心から思います。

今回最後に収録した小説は、既刊『幸福な食卓』の6年後の話です。『幸福な食卓』は父さんをやめると宣言した父親と、天才と言われながら大学に行かず農業に勤《いそ》しむ兄、家を出て一人で暮らす母親、そんなちょっと不思議な家族を持つ佐和子が勉強して恋をしてと、いろんなことを経験しながら歩いていく物語です。改めて見てみると、２００4年、なんと20年前に書いた小説で、自分で驚きました。私、自称28歳やから、8歳で小説を！　神童でした。じゃなく、ふと続きを書きたくなって、当時と同じ世界に入り込めた自分に、ちょっとだけうれしくなりました。（それ、成長してないだけという話は一旦、いや一生おいておきましょう。）

最後に書店さんのこと。

私が把握《はあく》している限り、このエッセイに出てきた書店さんだけで、1年経った今3店が閉店しています。

その中の1つのお店で閉店間近のイベントに呼んでいただいた際、出版社の方にお声掛けをし色紙に寄せ書きを書いてもらいました。たくさんの出版社の方々が「閉店なんて」と嘆き、「ぜひ書きたいです！」と言葉を寄せてくださいました。こんなにも前のめりで協力してくれるのかと驚いたくらいです。

書店さんも出版社さんもなんとかしようとしているのに、閉店のニュースはいまだやみません。

書店に限らず、いろんな職業が苦境に立たされているのが現状なのかもしれません。でも、私は本に関わる仕事をしているので、書店の閉店が相次いでいることに無関心ではいられません。何かをしないと。そして、「何か」言うてる場合じゃなく、具体的なことを。

できる限りのことを、それでいて楽しいことを、書店さん、出版社さん、そして読者の皆様とできたらいいなと思っています。

皆様、どうか書店に行ってください。

探していた本だけでない、何かが見つかるはずです。面白い本あるかなと、中を歩くのもまた楽しいです。つまらないとき、誰かに会いたくなったとき、ちょっと寂しいとき、いえ、普通の日常のときこそ。そう。

どんなときでも書店にどうぞ。

本書に掲載されたエッセイは、
２０２３年12月８日から２０２４年７月４日まで、
水鈴社公式ｎｏｔｅに連載されました。
小説「そんなときは書店にどうぞ」は書き下ろしです。

瀬尾まいこ（せお・まいこ）

一九七四年大阪府生まれ。二〇〇一年、「卵の緒」で坊っちゃん文学賞大賞を受賞し、翌年作家デビュー。二〇〇五年『幸福な食卓』で吉川英治文学新人賞、二〇〇八年『戸村飯店 青春100連発』で坪田譲治文学賞、二〇一九年『そして、バトンは渡された』で本屋大賞を受賞。二〇二〇年に刊行された『夜明けのすべて』は映画化され、ベルリン国際映画祭フォーラム部門に正式出品されるなど、大きな話題となった。他の作品に『図書館の神様』『強運の持ち主』『優しい音楽』『あと少し、もう少し』『傑作はまだ』『私たちの世代は』など多数。

そんなときは書《しょ》店《てん》にどうぞ

二〇二五年一月一日 第一刷発行

著　者　瀬《せ》尾《お》まいこ
編集・発行人　篠原一朗
発行所　株式会社 水鈴社
電話 〇三－六四一三－一五六六（代）
この本に関するご意見・ご感想や、万一、印刷・製本などに製造上の不備がございましたら、お手数ですがinfo@suirinsha.co.jp までご連絡をお願いいたします。

印刷・製本所　映文社印刷
校　正　坂本文

定価はカバーに表示してあります。

ISBN978-4-910576-00-8 JASRAC 出 2408634-401
Printed in Japan